鞭笞情人的火吻

她雙眼閃爍發亮，雙頰泛紅，費盡全力不斷揮動棍子使得她一邊內衣肩帶斷裂，露出一顆乳房。

編按語

本書大量出現的性鞭笞場景，歐洲大陸廣泛稱之為「英國惡習」，可見性鞭笞是非常英國味的東西，通過鞭打和其他種類的肉體懲罰達到性滿足的現象總是和英國聯繫在一起。它表明，在英國對性的焦慮感遠遠超過了歐洲大陸的其他國家。在十九世紀初年，倫敦建立了很多為有此愛好的人所設的場所，其中的主要活動就是性鞭笞；女人們在師傅的教導下學習性鞭笞的技巧，學習優雅有效地使用鞭子的藝術。女人被認為是「較少獸性的」、「更有控制力」的人，因此可以擔當在男人表現出動物本性時加以懲罰的重任。

英國屬於在社交文化中極為強調端莊的民族，因此羞辱才會被認為特別刺激，並進一步被性感化。鞭笞的興趣為什麼在維多利亞時代最為盛行，一個明顯的原因是那個時期的禁欲傾向和社會風氣的極度看重端莊。對陰部或私處的暴露所帶來的羞恥感極度強烈。因此，與其說虐戀傾向屬於某一民族，不如說它有可能與某個民族強調儀態端莊的程度有關，例如日本也是一個極為強調社交禮儀和端莊的民族，虐戀亞文化在日本也很盛行，有大量的虐戀酒吧、俱樂部和虐戀色情材料存在。這或許說明，端莊在一種文化中地位愈是重要，喪失端莊、受到羞辱在人們心目中就愈是可怕，從而引起過多的焦慮。虐戀中的羞辱因素是對端莊的補償，或者說是對過度強調端莊的反動。

第一部

第二部

第一部

一、中斷的波士頓舞

我第一次見到哈考特夫人是在牛津大學最後一個學期的學院舞會上。她為了陪伴我好友的堂妹才來參加這場「紀念舞會」。由於她芳齡遠不到三十，只有結婚的女人才能擁有這項權利。我從哈利那兒得知她是個寡婦，嫁給了一名精疲力竭的年邁釀酒師。她的丈夫十分體貼周到，結婚才沒多久便撒手人寰。我相信他肯定是為了想滿足妻子貪得無饜的慾望才折壽，雖徒勞無功，不過倒是值得嘉獎。

她是個身材嬌小玲瓏的女子，一頭紅褐色的秀髮，肌膚白皙無瑕，雙峰豐滿恰如其分，纖腰翹臀。她穿著剪裁端莊卻性感誘人的禮服，當下便燃起我的熱情。

哈利對他堂妹癡心一片，因此很樂意把哈考克夫人交給我。我們跳了一兩場舞。她跳起波士頓舞十分可愛，左腿不時會移至我兩腿之間。起先我以為是她不小心，但後來實在發生地太頻繁，我不由得起疑。我的小頭也不禁感到她別有意圖。最後我發覺她的大腿刻意靠上我左腿，我的老二立刻起了反應，我低下頭看我的舞伴，與她雙目相對。我沒看錯。她羞赧地笑了笑，說不如舞不跳了，到一旁休息罷。

舞跳不成是我的責任，我也知道上哪找個舒適的隱蔽角落，但不是因為受此起彼落的咳嗽聲干擾而作罷，就是看見好地方已有情侶佔據（我還瞥見其中一對情侶女方的白色底褲，可見那兩人早心有靈犀）。找了一兩回不成後，我終於在迴廊幽靜的一隅找到一張沒人坐的大沙發。我們在此處一安坐下來，我便刻不容緩地沿著沙發頂端張開臂膀，環住舞伴的腰背，俯身親吻那雪白的裸肩。

「你這傻小子。」她低喃。

「為什麼說我傻？」我一面說，一面用另一隻手臂將她的身子轉過來，手才好放在她左胸上。

她轉向我想開口回答，但話還未說出口我便貼上她的雙唇，給了她長長一吻。

「這就是為什麼。」我後退時她微微一笑說道：「吻是要吻在唇上的，將吻浪費在肩膀上多傻啊！」

不用她多說，我立刻將她緊擁入懷，見她小嘴微張，我於是大膽將舌頭伸進一探。她的舌頭也碰上來，令我又驚又喜。我的手也一刻不得閒，先是隔著上衣撫摸搓揉她的胸部，然後試圖悄悄伸進裡頭，但她不依。

「你會把人家的衣服弄得亂七八糟。」她一邊低語，一邊輕輕推開我的手，「我可不能把衣服弄縐，會被別人注意到。把你那調皮的手拿開。」

她見我不從，便自行拿起我的手，將它放在我的大腿上，輕拍了一下。「放在這兒它會安分些。」她面帶可人的微笑說道。她想把手縮回去，卻被我緊緊抓住，我將她的身子拉近，吻了又吻，這次大膽地用舌頭愛撫她的舌。她輕嘆一聲，心甘情願倒入我懷中。此時俗話說得好，「勃起的棒子無良知」。我的右手放開她的手，一把將她抱住，右臂環抱她腰枝下方，手緊捏著她的左臀。現代服裝底下穿不了多少襯衣，隔著柔軟的絲裙我可以確實摸到裡頭底褲的邊緣。「喔，親愛的。」我一面吻她一面低語。由於被我拉近，她自然得放開輕握住我的手，轉而在我身上游移。她的手摸上我的大腿，最後碰到我的陽具，料子單薄的燕尾服西褲顯然遮不住它的醜態。她嬌喘一聲，手指不由自主握住它，柔情萬千地把弄。

此時我已慾火中燒，這次我將手伸入她裙底，再度上下游移，摸上一條被絲綢與精巧蕾絲包住的美腿，摸上她大腿滑溜的肌膚，最後摸上了柔軟的捲毛和最令人心醉神迷的嘬起小唇。我倆雙唇仍緊緊相黏，她的手緊握住我火熱的棒子，被我撫弄的小唇開合張縮，我的手正要滑進她雙腿之間，卻發現她的愛液已將我整隻手溼透。此時我才明白想像力豐富的她早受不了，我還沒滿足，她卻已享受到不小的歡愉。

她立刻就回過神來，在我正要解開褲子時阻止我。「不行，不能在這裡。」她說道：「太危險了，而且太操之過急，在這兒也不會舒服。到我家裡來吧，這樣才是乖孩子。現在我們必須回去跳舞。這個不安分的傢伙。」她一面調皮地拍拍我的褲子，一面說：「得等等囉。」接著她起身整理衣裳，給了我一個令人愉悅的舌吻，然後便走回舞池。我隨後跟上，但儘管我已盡全力克制自己，我的老二卻還是沮喪地啜泣，害我下半身黏答答的，很不自在。要不是哈考特夫人邀請我去她家，好好的一晚可能就這樣搞砸了。

二、午後的拜訪

翌日我便前往城裡，一抵達目的地就迫不及待到哈考特夫人位於南莫爾頓街的小宅拜訪她。按門鈴後，開門的是一名十分小巧但算不上漂亮的女傭。不過她身材嬌小誘人，臉上帶著活潑調皮的表情，這說不定比空有一副美麗容顏還來的引人遐想。

「請問哈考特夫人在家嗎？」

「我來幫您看看，先生，請往這邊走。請問您的大名是？」她帶我走進一間擺設很宜人有品味的小起居室後，然後便不見人影。她沒讓我等太久，過一會就回來說：

「先生，可以請您往這邊走嗎？夫人在她的閨房。請容我來幫您拿帽子和手杖。」

她從我手中拿走帽子手杖，轉身將帽子掛在架上。由於掛鉤頗高，她伸手欲將帽子掛好時，露出了可人的胸臀曲線和裙底春光，讓我有幸一瞥裙下的白襯裙。

「是不是太高了？讓我幫妳。」我說。

「謝謝您，先生。」她說道，抬頭對我微微一笑。

我從她身後拿起帽子將它掛好。她卡在我和帽架之間無法動彈，直到我移動為止。我垂下手臂，將她一把拉近。她抬頭望著我，露出一抹挑逗的微笑。我忍不住俯身吻她雙唇，手一面撫摸那豐滿撩人的胸部。
「不可以。」她低喃：「要是女主人知道會怎麼說？」
「可是她又不會發現。」我一面回答，手一面向下探索，摸上她的臀部，緊身裙使她臀部曲線十分明顯。
「如果我告訴她，她就會知道。」她笑著說：「你這壞小子。」她開玩笑地拍拍我的褲腿，當她擦身而過時。
「妳當然不會這麼做。」我輕輕說道，一面跟了過去。我認為她的笑容不懷好意，當時卻不以為然。爾後我可有理由將此謹記於心。
我們上了樓，她帶我走進一個舒適的房間，儘管今日天氣跟此地大部分的六月天一樣，壁爐仍燒著火。房內有一張美麗的深座沙發，由於它沒有靠背，稱之為睡椅也不為過。沙發面向爐火，我一眼就注意到上頭鋪滿坐墊，心底暗自允諾自己，一定要在那兒雲雨一番。然而我的期望卻遠不及事實，這稍後便會見真章。
哈考特夫人正坐在沙發附近的一張矮椅上。她穿著可愛合身的午茶裝，頸部開口處剪裁低，袖子十分寬鬆。她一起身招呼我，衣裳便緊附玉體，雪紡紗的材質和其粉色絲綢製的緊身胸衣，讓人第一眼看了不禁誤以為她渾身赤裸。
「把茶端上來，茱麗葉。」她對已不見人影的女傭說。
「你找到路來了。」她說道，一面伸出手走向我。
房內布滿濃郁香氛，香氣乃燃燒香錠而來，她愛用檀香和玫瑰精油混合的味道。她向我走來，身上的香味令人陶醉不已，一句也不用多說，我緊緊將她摟入懷中，用力在她雙唇吻上火熱的長吻。讓我驚喜欲狂的是，她身上居然沒穿馬甲，她豐滿的身軀緊貼著我，令我感受到她胴體的每一寸曲線。我的手悄悄往下探，摸上她的翹臀，然後將她的小腹往我的褲腿靠近。

「你這隻性急的熊。」她對我笑道：「等茶端上來再說。」語畢她便掙開我的懷抱，嬉鬧地賞了我一掌，被她這麼一挑弄，我的老二此時自然已蓄勢待發。「喔，已經準備好了呢。」她發現我勃起後說道。

「在牛津時，我已經跟這個不安分的傢伙說過要有耐心，要學會服從。」

女傭端上優雅精緻的茶具，我注意到托盤上還擺著波希米亞風玻璃酒瓶和兩只酒杯。

「你知道可可香甜酒嗎？」哈考特夫人說道：「味道很不錯。」

她倒了茶，然後在每只酒杯內倒了半杯滿的深色瓊漿，在上頭放上奶油。

「祝你健康！」她向我舉杯敬酒說道。兩人手指互碰時，一股電流竄遍我全身。我一口將酒飲盡，然後靠近她。

「你真貪杯。」她笑道：「酒不是這麼喝的。不行，不可以，等我們喝完茶再說。」

我正要摟她入懷，她卻斥聲罵道：「你這壞蛋不得猴急。」然後又賞了我老二一掌，這次力道大了些。

「這麼吊它胃口真可惜對不對？」她終於說道。

我一言不發，馬上撲上去一把抱住她，跪在她跟前狂吻她的臉、她的玉頸。她將香菸扔進壁爐，輕解羅杉絲帶，羅衫滑落，裡頭她只穿著上等細布製的精緻內衣和襯裙。我的右手立刻摸上她左胸，將其掏出親吻吸吮那小巧的乳頭。被我這麼一逗弄，她的乳頭即刻有反應，以極其撩人之姿挺立。接著我的左手向下探到她襯裙下擺，準備將其掀起。

我感覺到她將右手環抱我的腰，左手開始解開我褲子鈕扣。最後一顆鈕扣還沒解開，我的老二便猛然跳出，蓄勢待發，她卻打了它一下，又將之塞了回去，把最後一顆鈕扣解開，摸索找出我的睪丸，溫柔地拉出來。我往後退了一下，掀起她的襯裙，露出最為精巧的黑絲網襪及淺綠色緞製吊襪帶，上方則是織有美麗蕾絲和邊飾的底褲。她大腿如絲緞般光滑的白嫩肌膚撩人萬分，在最上方底褲開口中間，正是那最令人迷醉的褐色捲毛。

我盯著這等誘人光景入迷，解開吊帶，褪下褲子。她的手立刻離開我的睪丸，開始撫弄我的臀部，一面撫摸揉捏、一面低語：「親愛的，多可愛的屁股啊。」

我迫不及待想進到她裡面，但那叢褐色捲毛實在太令人著迷，令我忍不住想屈身親吻那三角地帶。由於我從未做過這檔事，因此有點羞於行動，雖然我知道淫娃蕩婦性好此道，但無法確定她是否能接受。令人震驚的是，此時我竟感受到哈考特的手正輕輕將我的頭向下壓，我聽到她說：「你怎麼知道我想要那樣？」

她將雙腿張得更開，露出那最迷人的小穴，突起的陰唇微開，露出粉嫩的小陰唇，彷彿在央求我吻它。我把頭埋進那柔軟的捲毛中，舌頭熱切地探索她蜜穴的每一處。她的身子因歡愉而扭動，雙腿大張將我夾住。我也一一跟進，在她從椅子上滑下時向後一退跪下，最後她用愛液將我雙唇浸濕，然後半躺在壁爐前的地毯上。這個姿勢很難以舌頭進攻，我又不想浪費任何一滴令人發狂的汁液，因此我只好掙脫她雙腿的夾攻，跪到一旁好方便將我的頭埋進她雙腿間。如此一來，我赤裸的臀部和大腿自然便暴露在她眼前。

「你這個壞蛋！」她說道，一面輕輕打了我一下：「怎麼這麼粗魯把光屁股對著我。真討厭！」

她再次撫弄我的睪丸和屁股，我得費一番功夫，老二才不至於洩堤。

不過我可不想浪費彈藥。正當我要變換姿勢好抵達渴求的極樂頂峰時，我發覺她正將我的右腿拉向她。我任由她擺布，最後她終於成功把我的腿拉過去，我叉開兩腿跨在她身上，兩人此時的姿勢我在照片上看過不下數百次，正是百聞不如一見的六九。

我心跳加速。難不成我就要體驗到傳聞中的極致歡愉了嗎？我將頭埋在她大腿之間，舌頭加倍賣力，亟欲探索每個角落，正當它品嘗到又一股暖流時，我感到棒子周圍有東西，不是她的玉手在撫弄，而是更柔軟、更黏膩的東西。接著，無疑是柔滑舌尖從頂端到睪丸來回舔舐，然後她的雙唇將我的肉棒含住，以貝齒輕咬。這實在過於刺激，我的老二再也按耐不住，在我兩手緊抓她的臀部，用力吸吮那嫩穴的時候，它一陣抽搐，陡地射出那隱藏的珍寶。射精完畢後，我渾身一軟癱在她身上，雙唇仍不斷飲盡她的汁液。

三、女主人的懲罰

她一把將我推開，被她這麼一推，我頓時回過神來。「起來，」她說：「你要把我壓扁了。」於是兩人皆起身，站著對望一會，然後她拿出手帕擦拭嘴唇。我試圖抱她入懷。但出乎我意料之外地，她竟把我推開。「走開，」她說：「我不喜歡你。」

「為什麼，怎麼了？」我問道。

「怎麼了？」她回答道，一副準備發頓脾氣似的。「怎麼了？你這個可惡的壞蛋，竟敢射在我嘴裡？」

「對不起！」我說：「事情發生得太快，我——我——我以為妳想要這樣。」

「我想要這樣？你好大的膽子！」

我再次試著想摟住她，但她不依。

「不要，走開，把褲子穿上然後滾。」接著她轉身去按鈴。

我衝向她。「不要趕我走。」我說：「我很抱歉，我不會再犯同樣的錯了。原諒我。讓我多待一會，原諒我。」

「讓你待著？」她大笑。「你待著有什麼用？看看你這副德性。」

然後她指向我那可憐兮兮的老二，早已疲軟不堪，用盡精力，一副自慚形穢的模樣。

「喔，不用多久它就可以重振雄風。」我說：「來嘛，寶貝，讓我留下來證明我有多愛妳。」我好不容易才能用一隻手臂摟住她，將她拉過來。她任由我親吻，但雙唇仍緊閉，讓我無法將舌伸入她嘴裡。她的身子僵硬，不像之前那樣小鳥依人。我放大膽子撫摸她胸部，伸手要再把她的襯裙掀起。她似乎沒注意到，過沒多久，當我正要摸上她大腿時，她卻一言不發地推開我的手，掙脫我的懷抱，冷靜地說：「好吧，要我讓你留下來的話，你必須為你的粗野行為受懲罰。不管我說什麼，你願意照做，而且接受任何懲罰嗎？」

此時我對鞭打之事尚一無所知，只聽過有些老男人需要樺條鞭笞來激起性慾，除此之外我什麼都不曉得。因此我說：「妳想怎麼懲罰我都行，只要讓我留下來向妳證明我有多抱歉、有多愛妳就可以了。」

「很好。」她說：「到屏風後面去。」她指向佇立在角落的一幅大中國屏風。我依她的指令去做，然後她按鈴。

茱麗葉現身了。「把茶具撤下，把我的皮箱拿來。」

我似乎聽到茱麗葉竊聲一笑，但也不太確定有無聽錯。過了一會，我聽見她回來低聲對她的女主人私語幾句。「沒錯，非常壞。」後者答道。接著又傳來一陣低語聲，我聽到哈考特夫人說：「喔，他做了這種事？嗯，我們等著瞧吧。」

然後她叫我走出來，我也照做了。我的褲子仍垂在腳邊未穿上，模樣想必看起來一定很可笑，但哈考特夫人卻毫無笑意，反而一臉怒容。我走向她，但她揮手要我止步，說：「你答應過，我說什麼都會照做。」

「什麼都行。」我說。

「很好。轉過身去背對我，把雙手放在背後。」

我服從她的指示。

她打開那只箱子，拿出某物，但我看不到那是什麼。然後她走向我。我感覺有個冰冷的物體碰到手腕，還聽到啪地一聲。我試圖轉動手臂，沒想到卻發現動彈不得。她在一瞬間用手銬把我銬上，動作十分敏捷。我驚訝地說不出話來。「現在給我跪下。」她說。

「為什麼？」我說。

「你答應過我說什麼都會照辦。」她重複同一句話。

雙手被銬在背後的我，只好尷尬地跪在那張大沙發的前方。接著哈考特夫人拿出一條大手帕矇住我的雙眼。我感到情勢不妙，但仍默不做聲。

「現在，」哈考特夫人對跪在那兒無計可施的我說：「你的所作所為非常粗魯下流，所以必須受懲罰。你有沒有感到抱歉？」

我正要開口回答，卻有某物「咻」地一聲呼嘯劃過，接著我的屁股彷彿受百根針刺入，令我忍不住大喊。

我這輩子從來沒被人用樺條笞打過。在學校時我曾被藤條伺候，但我不用費什麼功夫便可猜出她手中的武器。

「會不會說話啊你？有沒有感到抱歉？」她又問了一次，棍子再度落下。我試著想掙脫，但雙手受縛，儘管我用力地踢，她還是用手按住我的脖子將我制服。

「不准亂動！」她說：「否則我就叫茱麗葉來幫我。你有沒有感到抱歉？」此時在我百般掙扎中，樺條正好打到我的睪丸，令我痛不欲生。

「有，喔，我很抱歉。」我大喊。

「你會不會重蹈覆轍？」——咻——咻

「不敢了。」

「你犯了什麼錯？老實招來。」

我噤聲不語，滿腔怒火，羞慚到說不出口。

「要不要老實招來？」——咻——咻——咻

「喔，我招我招。」

「你做了什麼壞事？」

「我射在妳嘴裡。」

「還有呢？」——咻——「還有呢？」

「我不知道。」

「你不是說你以為我想要你射在我嘴裡嗎？」

「對。」

「那就老實招來啊。」

「我說我以為妳想要這樣。」

「哎呀！」棍子再度落在我的屁股上。

火燒般疼痛感越來越嚴重，我又是掙扎，又是扭又是踢，最後終於掙脫她的魔掌，好不容易扯下矇住我雙眼的手帕，轉過身望著她。

我從未見過一個女人能有這麼大的轉變。若說她之前是容貌姣好，現在看起來真可算是冶豔迷人。她的雙眼閃爍發亮，雙頰泛紅，費盡全力不斷揮動棍子使得她一邊內衣肩帶斷裂，露出一顆乳房。

我帶著愛慕的目光凝視著她。儘管憤怒不已、自尊和肉體受傷，我仍不由自主心生崇拜，甚至愛意也油然而生。她對上我的目光。

「唷，」她說：「你為什麼轉過來？我還沒跟你算完帳呢。」

「這樣還不夠嗎？」我說：「我已經道歉，也承認我犯的錯了。」

「你沒有其他犯行要招嗎？」

「沒有！」

她按鈴。

我大聲抗議：「你該不會要讓人看見我這副德性吧？」

她沒回話，門打開來，茱麗葉現身。

「茱麗葉，過來。」她說：「妳看到這位先生在這兒了，在他面前重述妳剛才悄悄對我指控他的話。」

茱麗葉帶著不懷好意的微笑看著我（我記得那個笑容）說：「我在大廳幫這位先生掛帽子

的時候，他主動伸出援手，然後偷親我、摸我的胸部，還想透過裙子摸我下體。」

「妳這個壞女人。」我說。

「此言可屬實？」哈考特夫人說。「回答我。」我扭曲著身體癱在沙發上，樺條正好落在大腿上，將我襯衫下擺彈起，我的老二便曝露在茱麗葉淫蕩的目光下。我羞愧得說不出話來。

「你到底要不要回答我！」痛徹骨髓的棍擊一抽再抽，有一下正好抽中我可憐的老二。

「如果我非禮她，那她也半斤八兩。」我喃喃道。

「喔，這樣。」哈考特夫人說道，茱麗葉則狠狠瞪了我一眼。「這個我們可以待會再好好調查。茱麗葉，把繩子拿來。」

茱麗葉走向箱子，拿出一根有環狀帶子的長繩，我還沒意會過來她已把繩子套在我的腳踝拉緊。現在我真的無力可施了。

「茱麗葉，」她的女主人說：「既然被騷擾的人是妳，只有由妳來懲罰他才公平。」

兩人將我的臉朝下壓，掀開我的襯衫。

「喔，他已經學到了一些教訓，我看到了。」女傭說。

「沒錯，一點教訓而已。」女主人說：「他還有得受呢。」

「有多少？」茱麗葉一面說，一面拿起樺條。

「等著瞧吧。」

痛苦再度降臨。一抽接著一抽，一擊接著一擊，直到我可憐的屁股彷彿著火為止。我盡全力扭動身軀，但力不從心。不過哈考特夫人看到我百般掙扎想必很是滿意，因為她說：「等等，茱麗葉，不要太用力。除了痛苦之外，他也該享受到一點樂子。」

她走到沙發另一邊，把我埋在椅墊裡的頭抬起，然後俯身輕聲對我說：「他是個壞蛋，不過我愛他，所以他想的話，可以吻我。」

接著她掀起自己的衣服，轉過身背對我將小穴送到我面前，我勉強可以用舌頭碰到。

「好了，茱麗葉，」她說：「下手別太重，要有點技巧。」我不抱期望她會照做，但如今鞭打的手法竟然真的有所不同。之前猛烈的鞭笞令我劇痛無比而扭動身子，現在的力道僅僅使我的屁股發熱而已。當然偶爾樺條還是會碰到特別敏感的地方，痛得我縮起身子。不過大部分的時間細枝似乎只是撫摸我的身體，細枝尖端搔到兩片屁股中間，令我不禁樂在其中，我感覺小頭竟然也起了反應。我把對哈考特夫人的怨恨拋諸腦後，舌頭在她可人的小穴周圍游移，甚至往更上方去，愛撫那另一處自己送上門來的「毗連的美妙祕境」。她顯然很享受，兩片屁股又開合又緊縮，終於一個快轉彎，我使出最後一擊，她便用力將小穴推到我嘴邊，低喃：「可以停手了，茱麗葉。」她可口的愛液弄得我滿口下巴都是，簡直令人窒息。

接著，她站起來幫茱麗葉解開我的手銬和繩子。我躺著一動也不動，感到她一隻手臂摟住我的脖子，另一隻手則輕撫我的屁股。「可憐的孩子。」她說：「會不會很痛?」

我轉過身，不由自主地親吻她，彷彿所有的忿怒和恥辱全消散一空。「這才乖。」她邊說邊依偎過來。「打一頓他就學乖了！希望沒有打得太久。」她加上這句後，馬上掀起我的襯衫，望著我的老二。受了最後那一抽，這傢伙現在幾乎要脹破了。「沒關係。給我吧，親愛的。」

「可是茱麗葉還在！」我說。

「喔，別管她……不過，她可能還是離開比較好。」她說道，臉上帶著奇特的表情。「茱麗葉，妳可以走了，十五分鐘後再過來。」

茱麗葉一臉失望，但還是離開了。

「好了，親愛的。」女主人說：「過來我這兒好好疼我。說你原諒你殘酷的女主人傷害你。」

她解開襯裙的帶子，任其滑落。她褪下襯裙，午茶裝大敞開來。像我說過的，她內衣一邊的肩帶已斷裂，因此上半身幾近全裸。

她再次走到椅子那兒，坐在邊緣，上半身靠在椅背上，屁股剛好突出椅子邊緣。我跪在她面前，看見她的小穴正好和我的老二處於同一高度。

她的腿纏繞在我肩膀上，我溫柔地將肉棒插入，開始進行抽動。

我從未遇過如此精於性愛之道的女人。她盡情扭動身軀，所有你能想到的動作都難不倒她。她的雙眼閃爍著熱情，雙唇將我的舌頭吸入嘴裡，雙手一面引導我撫摸她全身，口中低喃著愛慾情話和憐惜我可憐屁股的同情話語。最後她說：「他是個很調皮的壞蛋，不過把他打得這麼慘太可惜了。不要在意，搞不好有一天他會有機會報一劍之仇。」接著最後高潮爆發，兩人都噤口不語。一開始我的動作都很緩慢，現在則越動越快。她迅速推進，扭動身子，雙腿纏住我的脖子，抬高屁股來迎合我的衝刺。最後她又是啜泣又是呻吟，兩腿從我肩膀上滑落，我則將我的愛全數傾洩到她的飢渴的子宮裡。

四、報復

我們就這樣兩兩相偎、雙唇緊貼，動也不動。過了一會，穆瑞兒說：「我最好按鈴叫茱麗葉拿毛巾和水過來。」

於是我們起身，她按下鈴，茱麗葉便出現了。現在要羞怯遮掩未免太遲，反正早已春光外洩讓茱麗葉大飽眼福，我也用不著故作姿態了。「茱麗葉，拿熱水、毛巾跟肥皂過來。」女主人說道，女傭轉身欲離開。「喔，還有，順便拿點藥膏過來給這可憐的屁股療傷。」她微笑說道。

茱麗葉離開後女主人便轉過來對我說：「我們來瞧瞧這可憐的小屁屁。轉過去，是不是傷得很重？你自己看看。」她領我走到牆上一面鏡子前，我轉頭看了看背後。我那慘兮兮的屁股上滿是樺條鞭笞的傷痕，雖然不至於皮開肉綻，但卻布滿交錯的紫紅色痕跡，宛如十字，而且一碰就痛。

「可憐的孩子，真可惜。」穆瑞兒說：「不過這樣他就學乖，不會再使壞了。」

我苦笑了一下，她張開雙臂摟住我的脖子說：「喔，親愛的，我愛你，你身上每一處都愛，尤其是你那可愛又惹人憐的屁股。」

此時茱麗葉捧著一只托盤進門，上面裝著海綿、銀色玫瑰碗、肥皂和毛巾，還有一罐藥膏。

她將物品放在桌上，她的女主人轉向我。

「茱麗葉會幫你清洗。」她說，於是茱麗葉走向我。「先生，請您站到這兒來。」她一面說，一面指著桌子旁邊。

我照著她的話做。她一手握住我的老二，另一手捧著碗，將它浸到水中，輕輕把包皮退下，一面溫柔地用手指摩擦龜頭。接著她把碗放下，拿起肥皂，仔細將我的肉棒清洗一番，連我大腿之間的濃密毛髮也一併照料了。然後她拿起毛巾，將其擦乾。「請轉過來。」我轉過身去，她把我的襯衫掀起，一樣悉心將我的屁股清洗乾淨。最後她拿了一點藥膏擦在我身上一碰就痛的地方。藥膏這麼一抹上，一股沁涼的感覺隨之湧上，竄遍我全身，所有疼痛都消失無蹤。接著她替我拉上褲子，將之扣好後，轉向女主人。

「夫人準備好了嗎？」

「等一下，茱麗葉。」女主人說：「妳剛才指控潘德加斯先生放肆地非禮妳，妳也因此懲罰了他。」

「是的，夫人。」茱麗葉說。

「妳說他犯了什麼錯？」

「他偷親我，摸我胸部，還想摸我的下體。」

「這倒沒錯，潘德加斯先生並不否認他的犯行，不過他另外還說了一些事。是什麼呢？」

茱麗葉頓時臉色發白。「回答我。」她仍噤聲不語。穆瑞兒轉向我。「你剛剛對我說了什麼？」她問。

「喔，沒關係。」我說道。既然受鞭打的疼痛已消失，我已無意報復。「不用在意我說的。」

「可是那可有關係，我也很在意。如果我沒記錯，你說她也半斤八兩。對吧？」

我看著茱麗葉，她臉上表情驚恐。

「親愛的穆瑞兒，」我說：「別管這個了，算了吧。」

「哼，時間一到我就會算了。」她回答：「好了，茱麗葉，回答我。妳幹了什麼好事？妳知道妳最好給我老實招來……潘德加斯先生親妳的時候，妳有沒有親回去？」

「有。」她細聲回道。

「妳還做了些什麼？」

茱麗葉瞥了我一眼，「我只有拍了他的腿一下，說他是個壞蛋。」

「是嗎？妳拍了他的腿哪裡？指給我看。」茱麗葉怯生生地再次拍了我一下。「我想也是那裡。」穆瑞兒嚴厲地說道：「我早猜到了。所以妳向我抱怨潘德加斯先生偷親妳，還想摸妳下體，同時妳自己卻也親他，還想猴子偷桃。好吧，既然妳已經懲罰過他，妳自己是不是也要受罰才公平呢？」

我插入兩人的對話，「不，莫瑞兒，是我的錯，是我先招惹她的。」

「我很高興聽到你有自知之明，賽西爾，這代表挨一頓打之後你學乖了。但我的僕人行為合不合規矩，得由我來下定奪。她沒必要有樣學樣。好了，茱麗葉，妳不認為既然潘德加斯先生已經受罰，妳也應該受罰才公平嗎?嗯?」

「是的，夫人。」那可憐的女孩說。

「這是妳自找的。」穆瑞兒繼續說道：「如果妳沒有告訴我潘德加斯先生的所作所為，所有事我都會被蒙在鼓裡，妳也用不著受罪了。現在給我做好心理準備。」

「什麼?在潘德加斯先生面前嗎?」茱麗葉結結巴巴地說。

「那當然。畢竟他也在妳面前受罰，事實上，下手的人還是妳呢。所以妳受罰時他當然也要參一腳。」

茱麗葉眼眶泛淚，動手解下腰帶，裙子滑落到地板上，接著是襯裙。她褪下衣裙，身上僅穿著內衣褲，目光低垂，雙頰脹紅。

穆瑞兒走向那只箱子，拿出一根嶄新的樺條。「到沙發那兒去，給我跪下。」

茱麗葉跨步要走去，卻突然奔向我，倒在我腳邊啜泣。「喔，先生，真的很抱歉我打您的小報告。不要讓她鞭打我，抱歉我打了您。」

我感到有些尷尬。我並不是一個本性殘酷的人，也不對這個女孩心懷怨恨。然而，同時我卻有強烈的慾望想觀賞她光溜溜的屁股，看她在樺條下蠕動身軀。

我扶她起來，告訴她我會盡我所能說服她的女主人饒過她。

女主人逐漸感到不耐煩，於是我走向她，求她下手輕點。她笑了笑說：「好吧，等你叫我停手我就停。」

然後我帶著仍啜泣不停的茱麗葉走到沙發處。她跪在沙發邊緣，把臉埋在椅墊裡。

「把妳的內衣掀起來，內褲脫下。」女主人下令。於是她遵從指示露出兩片雪白誘人的屁股，其中間的陰影不禁引人遐思，那片美麗黑森林就在前方。由於她是跪在沙發上，而不是跟我一樣跪在地上，她的屁股抬得比頭還高，皮膚也繃得很緊。

「好了。」她的女主人說：「讓我好好教訓妳，自己舉止放蕩，還敢打我客人的小報告。」樺條咻——咻——咻——地落在那豐滿的臀部上。茱麗葉又哭又叫，緊張地縮緊屁股承受抽打。「我打、我打、我打、我打。」女主人繼續罵：「看妳還敢不敢再在我家大廳親客人、拍他們的私處？敢不敢？敢不敢？」棍子連珠炮落下，一下打在一邊屁股，一下打在另一邊上。

茱麗葉跳上跳下，但不像我一樣亂踢。她比較懂得訣竅。最後兩下力道比之前更為猛烈，打的地方也較下面，她無法忍受，才逼不得已動了動雙腿。

「哎呀！」穆瑞兒狂喜地說，一面冷不防以迅雷不及掩耳的速度，集中在她大腿之間打了一頓，棍子末端的細枝還掃到茱麗葉掙扎時無意間露出的突起陰唇。

茱麗葉身子一縮，倒了下來，想用手護住她可憐的屁股。

穆瑞兒望向我。為求自保，直至此刻我都不敢插手要她住手，但我還是勉強結結巴巴地說：「這樣夠了！」於是穆瑞兒扔下樺條，倒入我懷裡。

我的老二大受此光景的刺激，早已勃起，我無視躺在沙發上呻吟蠕動的茱麗葉，把穆瑞兒轉過去撲到她身上。因為整個下午我已經發洩過兩次，我倆的交合比預期的還要快結束。我想這跟受到目睹茱麗葉被鞭笞的刺激，和我自己挨打所燃起的欲火有很大的關係。無論如何，我和穆瑞兒還是在歡愉之海裡泅泳了好一陣子。

茱麗葉發覺鞭笞已告一段落，另有要事發生，於是便起身坐在我們身邊，開始用內衣擦乾淚水。

她的女主人見狀說：「哼，茱麗葉，恐怕現在妳沒辦法感受潘德加斯先生的陽具了，它太忙了。不過他倒是可以好好撫摸妳的小穴。」她拿起我的手，推向茱麗葉的大腿。

茱麗葉不敢反抗，於是我很快便找到心中所渴望的神祕嫩穴，然後將手指深入裡頭，好好慰藉她受鞭打的痛楚。

辦完事起身後，穆瑞兒說：「妳得再替潘德加斯先生清洗一番。」

「我可以用自己的方式幫他嗎？」茱麗葉說。

「隨便妳。」她的女主人說：「不過我不認為妳會因此得到什麼甜頭。」

令我訝異的是，茱麗葉就這樣跪在我面前，開始舔舐吸吮起我疲軟的棒子。儘管我的老二滴下一些漿液，這個下午我已精疲力盡，無法重振雄風了，因此過一會兒她覺得在做白工，便放棄，穿起衣服來了。

穆瑞兒笑了笑，令我覺得有點羞愧。不過我答應自己，不用多久就要讓茱麗葉見識我的厲害。

「要趕快再來玩。」穆瑞兒說，一面深情地跟我吻別。我答應她絕對會再來赴約。

茱麗葉帶我走出門時，我說：「如果我現在親妳，妳會不會告訴妳的女主人？」

她二話不說便噘起嘴唇做回覆，當我跟她雙唇對上時，她還將舌頭深入我嘴裡，手一面不自覺地握住我的老二。

「你自己去告訴她我親了你。」她低喃：「然後她就會叫你親手鞭打我。我倒很樂意挨你打。你一面打我，我會把你又吸又親，直到你受不了昏倒丟下樺條。」

我還沒來得及回話，她就將門打開，回過神來，我已在大街上。

五、不速之客

我回到家後，試著分析內心的感受，想釐清究竟發生了什麼事。我簡直不敢相信這是真的，一切宛如黃粱一夢。二十三歲的我從牛津到市中心，像個做壞事的小孩一樣，乖乖光著屁股被一名只打過一次照面的女子鞭打，還當著另一名女孩面前挨打，在我拜訪她的女主人之前，我從未見過這個女孩。不僅如此，我還「親吻」女主人、搞了她，也被女主人和女傭兩人「親吻」。更甚者，兩人皆跟妓女這個詞完全扯不上關係。一名女子是我摯友堂妹的監護女伴，顯然也身處上流社會。女傭看起來也極有教養，很是體面。不。我無法相信自己的經歷。唯有坐下來想釐清一切時，疼痛的屁股才讓我意識到再明顯也不過的真相。我大叫一聲跳了起來，衝到樓上的房間，鎖上門，火速脫下褲子，看著鏡子好好檢視我的屁股一番。我的媽呀！傷痕累累。兩片屁股上到處布滿交叉的紫紅色長痕，被樺條細枝劃破的肌膚上，處處可見鮮紅小點。我拿出一點我平常划船後用來擦傷口的藥膏，往屁股塗上一堆，然後清洗一副自慚形穢模樣的小頭，穿上衣服下樓去。

很難分析我內心的感受。心中羞愧、憤怒、想報仇的欲望彼此交戰。同時穆瑞兒撫媚的肉體卻出現在我眼前，我的老二豪情萬千地想說服我能有這個下午的豔遇，一切都值得。茱麗葉雪白渾圓的翹臀也躍入眼前，在樺條的抽打下顫抖不已，又張又縮，露出小穴嘛起的暗色陰唇。她的小穴在我手指的撫弄下反應是多麼激烈啊。

她最後說了什麼來著？「我倒很樂意挨你打。」老天，我想，有何不可？儘管自己可能因此又招來一頓打，若有機會抽得那兩片可愛的屁股又縮又扭，還是值得一試。還有穆瑞兒！好個銷魂的女人。她的舌是多麼周到地服侍我的老二，嫩穴多麼火熱地將我的庫存榨得一乾二淨！沒錯，我說什麼都要重訪寶地。

當晚我左思右想，翌日清晨疑慮不安卻又湧上心頭，最後拖了一個禮拜我才再度來到那棟坐落於南莫爾頓街上的小宅，按下門鈴。

茱麗葉前來開門，一見來客是我便微微一笑。「夫人還在想為什麼你都沒消沒息的呢。」她說。「所以我想，先生，她應該很生你的氣。」她露出不懷好意的神情說：「她不喜歡被人忽視，不過她現在不在家。」

「我可以進去等她嗎？」

「如果你想，當然可以，先生。」

於是我便走進去，關上門。她領著我走進那間小起居室，我們彼此對望了一會，接著二話不說，立刻互相擁抱，舌頭交纏，右手直接伸到對方私處撫摸。我的小老弟一下子就勃起，我發現茱麗葉也已慾火中燒，柔軟的小穴早就濕潤不已。我輕輕將茱麗葉轉過去，推到一張搖椅上，跪在她前面，然後將棒子放在她的祕穴處就定位。她自己則將屁股抬高，好讓我插入，接著我倆便翻雲覆雨一場。

「告訴我，茱麗葉，」完事後我問：「穆瑞兒常常鞭打妳嗎？」

「她一有機會就會打我。」她扮了個鬼臉笑道。

「可是為什麼妳要屈服於她？」我說：「從什麼時候開始的？女傭挨打並不常見。」

「改天我會告訴你。」她回答：「說來話長。更何況，其實她對我很好。跟她在一起享受到的歡愉無處可比。」

她依偎著我，手一面玩弄我的棒子，看來它十分樂在其中。

「上次臨走前妳對我說了一些話，讓我感到很困惑。」過了一會我說。

她雙頰微微泛紅。

「說嘛！」我說：「妳是不是真的喜歡挨打？」

「你不喜歡嗎？」

「才不，我喜歡才有鬼勒！」我笑著回答。

「你遲早會愛上的。我也不是每次都喜歡挨打。鞭打有很多種。像上次當著你的面被穆瑞兒鞭打我就不喜歡，因為她很壞，又心懷妒忌。倒是你，你挨我打有沒有樂在其中？是不是跟穆瑞兒下手的時候不同？」

「是沒錯，」我若有所思地說：「的確有所不同。」

「這就對了。」她繼續說下去：「如果我喜歡上一個人，無論是男是女，我都會竭盡所能滿足他或她的需求。例如穆瑞兒，當她對我好，想要我的時候」——話一說出口她便羞紅臉——「任何事我都願意服從。我知道她想看我赤裸全身，扭動屁股，為了滿足她的慾望，因此我全會照做。不過當她生氣只想懲罰我的時候，我就討厭她，想傷害她。」
「妳就從來沒鞭打過她嗎？」
「老天，怎麼可能！她不吃這套，她可不是被虐狂。我倒希望她是被虐狂，這樣我才有機會雪恨，我才可以報復她。可是對我來說她太厲害了，而且我跟她不一樣。我不喜歡使人痛苦，她卻很愛。只有在生她氣的時候我才會想傷害她。」
「嗯。」我說。
「你在想什麼？」
「我在想，雖然我不是很了解此道，但我知道妳的意思。我也很樂意一雪上次的恥辱。現在妳和我站在同一陣線上了對吧？我們不能制伏她嗎？」
她雙眼頓時發亮，然後目光又低垂下來。「她會殺了我。」她說。
「喔，不會的。我不會讓她這麼做的。我會要她答應我不准心懷恨意，我也不認為她會這麼小心眼。要是她真的心懷不軌，我會幫妳全身而退。最壞的打算是她把妳掃地出門，要是這樣妳就可以來我這兒。我自己正在找公寓安頓下來，應該會需要個管家。妳意下如何？」
「喔，那真是太棒了。」她回答。
「可是妳還沒回答我的問題。妳是不是真的想要我鞭打妳？」
「你試試看。」她僅如此回道。我還沒意會過來她在做什麼，她就滑下椅子，把裙子和襯裙掀到腰間，秀出她那精緻的內褲。
「坐到這兒來。」她邊說邊指著自己剛剛坐的椅子。

我照做了。接著她逕自趴在我膝上，臉朝下，頭向著我的左手臂。她脫下內褲，露出臀部美麗的曲線，儘管上頭仍帶著一點上星期挨打時造成的傷痕，兩片屁股仍宛如兩輪迷人的白月般引人注目。

「現在打我屁股，看我喜不喜歡。」

我直盯著那兩顆中間隱約凹陷的雪白圓球瞧，瞥見她大腿之間露出幾根暗色捲毛，看來有希望能更進一步深入美妙的密境。

我用手輕輕打她，與其說是打，不如說是撫摸。

她靜靜趴著不動。

啪——啪——啪，我偷偷將手指伸到她大腿之間。

「不行，時候未到。」她說：「我要你打我。」

我只好迎合她，快速打著那兩片屁股，直到它們開始泛紅為止。

「再用力點，再用力點！」

我加重力道打，她的屁股則明顯地越來越燙。

「還要用力，」她說：「再用力！」

我照著她的話做，連自己的手也開始刺痛起來。支配一切的我，越來越享受、越渴望其中的樂趣。

挨了一兩下重擊後，她的身子稍微動了一下，她抬起屁股，雙腿微微張開。

我重重賞了她好幾下。她嬌嘆一聲，蠕動身子，於是我便停下手。

「繼續啊！」她立刻說道。

「可是我弄痛妳了。」

「我想要你把我弄痛，」她激動地低喃：「我想要你弄痛我的屁股。你看不出來它越來越紅，越來越燙了嗎？弄痛我，弄痛我。」

儘管我無法真正理解，她的熱情卻激起我的慾望，我便恭敬不如從命。一擊接著一擊，重重落在她豐滿的翹臀上，最後她的嬌嘆聲越來越快，越來越像在喘氣。她的屁股抬高張合，雙腿大張，我還看得到她小穴的唇在開合，彷彿亟欲想被滿足。

我已全身慾火中燒，盡我所能地打她，找到機會就把手探入那更為隱蔽的密境。對我而言，這是件既奇特又令人發狂的樂事。在她堅挺的屁股上打了兩三下後，我感覺手指摸到了她那柔軟的陰唇。有一兩次，當我的手掌剛好落在翹臀中間時，我的指尖勉強可以搆到她可愛的私處。這似乎不只惹惱我，也惹惱了她。她雙腿大張，將屁股抬高，盡力使門戶大開。她喃喃發出含糊不清的喊聲，最後幾下大力地正中目標之後，她的身子才重重癱在我膝上，我的手夾在她的大腿間，像支老虎鉗似的扣住我的手指。

我扶她起身，將她抱在懷裡。「親愛的，」她低語：「佔有我吧，我全是你的了。」

她的手悄悄往下滑，迫不及待地解開我的褲子。

「把它賞給我。」她半嗚咽地說。

「你想怎麼玩？」我好奇地問道。我實在忘不了那時她問我是否可以照她自己的方式清洗我的老二的模樣。

「怎樣都行，只要它在我裡面就可以了……從前面來，從後面來，從哪裡都行。我不在乎。我是你的人了，全是你的。佔有我全部吧，親愛的，我的主人！」她撲倒在我腳邊，抱住我的腿，因尚未被滿足的滿腔熱情，半啜泣著扭動身子。

我將她扶起，她跪著用小嘴含住我的老二，兩手圍住我的屁股，開始貪婪地舔舐吸吮我的肉棒。

「喔，所以我不在的時候，妳就是這樣款待我的客人囉？」我匆忙轉過身。穆瑞兒就站在那裡，顯然才剛進門，手中還握著鑰匙，門開著。

六、風水輪流轉

茱麗葉驚恐地叫了一聲，癱軟倒地。我佇在原地動都不敢動，活脫像個傻子。我的褲子敞開，挺立的棒子曝露在外，樣子看起來一定很滑稽。

「妳給我起來！」穆瑞兒對茱麗葉說，走向她，用腳碰了她一下。「你，」她轉向我：「你可以留下或離開，不過如果你留下來的話……」她停頓了一下，給人不祥的感覺。

「我要留下。」我說道，靈機一動。

「請自便。看來我回來得正是時候。」她看著我敞開的褲子。「要留下可以……不過……我想你會後悔的。」

她領著我走上樓，我又來到她的閨房。

茱麗葉已在那兒，緊張地渾身發抖。「皮箱在哪？」穆瑞兒對她怒喝。「妳以為我叫妳來這裡是要跟妳聊天的嗎？」接著她冷不防賞了茱麗葉兩個重重的耳光。

那可憐的女孩急忙奔出房外。

「穆瑞兒，」我趕緊勸她：「不要對她太殘酷，都是我的錯。」

「你用不著自尋煩惱，老兄，你會心想事成的。」

茱麗葉提著那只熟悉的皮箱又出現了。

「兩個箱子都給我拿來，妳這笨蛋。」她的主人說。

茱麗葉驚呼一聲，比之前更為戒慎恐懼，但不敢回嘴。

她走出去，提著另一個相似的箱子回來。

穆瑞兒打開第一只皮箱。「把衣服脫掉。」她說，然後對我說：「你去用這個把她的手綁起來。」她遞給我一條長帶子。「我得把我的馬甲脫掉，不然沒辦法大展身手。」

茱麗葉渾身顫抖地脫下裙子，任其滑落於地，然後乖乖等著。

「全部都給我脫掉！」她的女主人說：「妳是沒聽見嗎？全都給我脫掉，不然就有妳受的。」於是茱麗葉只好把上衣解開脫掉，露出一件巧緻的襯衣來。她脫掉襯衣和襯裙，接著褪去馬甲。茱麗葉站在原地，全身脫得只剩下內衣褲。底褲的蕾絲摺邊在內衣下擺處誘人地若隱若現。她顫抖的雙手在內衣下摸索，拉下帶子，鑲摺邊的小褲便滑落至腳踝。她跨出站好等待。

「我是說——全部——都給我脫掉！」

這可憐的女孩雙頰和脖子頓時脹得赤紅。

「妳少給我故作端莊了。」穆瑞兒輕蔑地說：「會跪在客廳親男人的女孩用不著羞於在臥房當著他的面脫個精光，尤其是還有另一個女人在場保護她。」

茱麗葉掀起內衣，開始從上面把它脫掉。我先看見她露出如象牙塔般纖細美麗的大腿，然後是那精巧的細毛，上頭仍因我們兩人的交歡而濕潤無比，接著出現的是甜美圓潤的小腹，平滑而堅實。我瞥見那細緻的腰線，和上方兩顆如水蜜桃般的乳房，儘管衣服已全脫掉，嫩紅色的乳頭仍毫無顧忌地尖挺著。當她將手臂舉過頭時，我瞥見她腋下柔軟光滑的腋毛，和她私處較為濃密的毛髮很是相稱。

接著內衣從她手腕滑落。她站在那兒，身形瘦小羞怯，完美無瑕、魅力四射、美麗動人。

我聽見穆瑞兒發出一聲讚嘆。「把她的手腕綁起來。」她對我說。

我必須從命。她看著我笨手笨腳地用帶子綁住她。

「把她弄到沙發上趴好。」

我讓她跪好，就像上次那個下午那樣。

「不，不是這樣。必須把她的四肢都綁起來，要她受十字刑！」

「夫人！」茱麗葉結巴地哀求道。

「閉嘴！」穆瑞兒嘶聲吼道，一面在沙發中央放上幾個椅墊，弄成隆起狀。

然後她把茱麗葉拖到沙發那兒，往上頭一扔，讓她臉朝下，好使她的下腹部和大腿頂端靠在椅墊上。這姿勢自然令她抬高屁股和大腿，身體呈一個倒V字形。

「這是想表達什麼？」看見那可憐的屁股仍因剛剛挨我打而微微發紅，她便說道：「妳的意思是妳很敢放肆囉？」她繼續說，轉向我。「喔，你給我等著瞧。」

她不再多說，抓住茱麗葉的右腳踝，把腳往沙發邊緣拉去，然後屈身拿起一條緊縛在沙發側邊的絲繩，絲繩末端結成一個環，她將環套在女孩的腳上，緊緊拉牢，然後把另一隻腳用力拉開，以同樣的方式綁好。

可憐的茱麗葉現在四肢全大大張開，手臂高舉過頭，手腕綁在一起，頭則埋在沙發上。由於椅墊墊高的關係，她的屁股抬得高高的，彷彿在請求人鞭打似的。她大腿張得很開，露出覆滿毛髮的小唇，小唇微張。她趴在那兒，惹人憐惜的小身軀雪白無比。

只有她的黑髮、幾根光滑的腋毛、兩片屁股中間若隱若現的陰影、雙腿間柔軟的捲毛與之形成對比。最後還有在她雪白肌膚上顯著的黑色長絲襪，有如一副黑白畫作，沒有沾上其他顏色，因為她穿的也是黑色的吊襪帶。我欣賞著這幅迷人的光景，大飽眼福。我心想，怎能有人忍心傷害如此別致優雅的生物？

我望向穆瑞兒。從她的眼神便可看出，她顯然對如此令人心醉神迷的光景毫無感覺。但儘管她的目光凶狠，卻也同時閃過一絲欽羨。

「好了，」她突然說：「我得去把馬甲脫掉，應該不會花太久時間。你可以趁我不在的時候欣賞那小尤物的雪白肌膚，等我教訓完她後可不會有這麼多白色地方剩下了。」然後她匆匆走進臥室，任門開著。

如今我已決定留下來，希望能實行我對穆瑞兒的復仇計畫。我也不打算幫她懲罰茱麗葉，但當我看見這些前置作業，看見茱麗葉無助地被綁著，我開始懷疑是否有機會能成功達成我的目標。雖然我確信可以用蠻力制服穆瑞兒，但她可能會掙扎一陣子，茱麗葉若能助我一臂之力會很有用。當穆瑞兒大費周章綁縛茱麗葉時，我也很快打起算盤來，但我仍不願意出手抓住她，我寧願等到最後一刻再動手。

不過既然現在她已不礙事，我的機會就來了。我二話不說，立刻撲向茱麗葉的手腕，開始解開繩子。她抬起頭，又驚又怕地輕呼一聲。我用一隻手捂住她的嘴巴，輕聲說：「安靜，假裝還是被綁著。還記得我在樓下說的話吧。現在我們的機會來了。把妳的手放在原本放的地方，直到我說好的時候，就把腳上的繩子解開來幫我。」

我把套結解開，將繩子放回原位好讓它看起來還是綁緊，然後離開沙發，此時穆瑞兒正好現身，她再度換上那件袖子鬆垮的午茶裝。她走進來時我正站在桌邊，看著那只被打開的箱子，裡頭裝著樺條。一共有四種不同的尺寸。

「你在看我的小道具嗎？」她微笑著說：「這裡還有更多。」她打開另一只箱子。

這時我才明白為何穆瑞兒說她兩個箱子都要的時候，茱麗葉就驚恐大喊的原因。

這只箱子裡裝的不是樺條，而是兩三根粗細不等的籐條、幾支過時仕女用的馬鞭，不是那種現代用來狩獵的鞭子，而是以鯨鬚製成、可彎曲的長鞭，末端還有鞭梢。箱子裡還有一支打了七個結的鞭子，很纖細，卻看起來十分邪惡。最後還有一根以金屬絲製成的樺條，末端呈直角彎曲。

「它們是不是很美？」穆瑞兒笑著說：「待會就派得上用場了，咱們先從這個來。」

她轉向另一只箱子，選了一根無花紋的長樺條，拿在手上秤秤重量，嗖——地一聲在空中揮動。

現在我的機會來了。我趁她轉過身走向沙發，走向俯臥在上頭等待的女孩時，突然張開手臂抱住她，牢牢將她拑住。

七、走火入魔

被我這麼一摟她完全措手不及，只來的及發出一聲怒吼。「茱麗葉。」我大叫，她則在我懷裡掙扎個不停。

茱麗葉趕緊鬆開手腕上的束縛，彎下身解開綁住腳踝的套環，然後奔向抓著又扭又踢的穆瑞兒的我。

穆瑞兒死命地踢，還想咬我，活脫像一條鰻魚。不過我的手臂緊緊抱住她的腰間，而且她又已經脫掉馬甲，肋骨被我牢牢壓著，整個人被我抱住。

茱麗葉好不容易躲開穆瑞兒雙腳的飛踢，先將繩子套在她一隻手腕上，然後再套住另一隻，緊緊拉牢。其間我都沒鬆手，過沒多久穆瑞兒的手腕便被綁在一塊。

她手中仍緊抓著樺條，憤慨的話語不停脫口而出，不過她的臉上倒還沒出現一絲恐懼的神情。她的眼神和語氣皆透露出她的傲慢、盛怒及恨意。

當茱麗葉終於把她的手綁好後，我便把穆瑞兒拖到沙發，將她推到上頭。她坐下來，怒氣沖沖地瞪著我，氣喘吁吁、疲憊不堪。

她的午茶裝腰間已鬆開，整件衣服敞開來。除了絲襪和鞋子之外，她的身子可是赤裸精光。顯然原本她今天是想盡情玩樂一番。很好，我不會讓她敗興而歸的。

我面帶微笑轉向茱麗葉：「好了，我們該如何處置她？要怎麼開始？這玩意兒妳比我還了解。」

「先用手打她，讓她的屁股做好準備，好接受樺條的調教。」她說道：「要不要我幫你抓住她？」

「不用。」我說：「我來抓住她，然後妳就可以動手了。親愛的穆瑞兒，過來吧。這跟妳原本想做的有點不太一樣對吧？對妳來說可是個全新的體驗呢。妳要自己乖乖轉過身來，還是要我來幫妳？」

她沒有回答，於是我便走到她身邊，抓住她的手腕。她把手縮回去，冷不防彎下身用牙齒咬住我一隻手，狠狠地咬了一口。

「妳這小惡魔！」我大喊：「妳會為此付出代價的。」我用另一隻手重重賞了她一記耳光，力道之猛，打得她頭偏到另一邊去鬆開口來。茱麗葉站在一旁，躲開她猛烈的飛踢，準備要重重賞她的翹臀和大腿一頓好打。

她胡亂地用手打穆瑞兒的屁股，這裡也打，那裡也打，到處都打，毫無章法地打。由於穆瑞兒躲得太厲害了，懲罰似乎成效不彰。過了一會，茱麗葉便停手看著自己的手掌。

「這樣打，把我弄得比她還疼呢。」她笑著說：「看來我們最好開始玩真的了，照她上次對我那樣，把她綁好。」

我將穆瑞兒拉到沙發上，拉到更裡面去，把她的腹部和大腿靠在堆起來的椅墊上，然後重重壓在她的背上，茱麗葉則費九牛二虎之力把她一隻腳套入絲環內綁好。

穆瑞兒不停地掙扎喊叫：「我不會被綁起來的，我不會被鞭打的。你要是敢碰我一下，等等我就要你好看。」

我不去搭理她，但當她的腿被綁牢後，我就一下子將她的午茶裝掀到她肩膀，說：「沒錯，是不是跟妳原本打算的不太一樣？本來是妳要看我們的赤裸的身子大飽眼福，欣賞我們的屁股在妳的鞭打下泛紅蠕動。現在是妳的赤裸身子要讓我們大飽眼福，是妳的屁股和大腿要脹紅、要顫抖。是不是很期待著我的款待啊？快點，回答我。」

「我要殺了你！」她大聲嘶吼。

「喔，妳不會殺了我的，妳會向我求饒，向我們兩人求饒。事實上，還會感謝我們教訓妳一頓。好了，茱麗葉，妳要不要準備動手了？我要好好欣賞一下這幅美景。」

我的左手壓住她的背，右手撫摸著她光溜溜的美麗小蠻腰、翹臀和美腿。如果說茱麗葉的烏黑長髮和雪白肌膚形成了一幅誘人的光景，她的女主人相較之下可一點也不遜色。兩人之中她的身材較為豐滿，臉蛋也較為標緻。茱麗葉的膚色蒼白，穆瑞兒的肌膚則紅通粉嫩。兩人的胴體呈現迷人的對比。

我靈機一動，想讓兩人相比較。茱麗葉拿著樺條回來後，我便要她在她的女主人身旁躺一會，好讓我欣賞兩人並列的裸體。她立刻從命，我便沉醉在這幅香豔美景中。美景如此香豔，令我按耐不住，這兩名女孩的姿勢再方便不過了，我掏出肉棒正準備趁勝追擊，但茱麗葉見狀，出聲阻止我。

「待會再享受，先辦正事。」然後她便起身站到沙發旁，高舉樺條。

「好了，夫人。」她說：「讓我來小小教訓妳那放肆的屁股。這樣妳覺得如何？」細枝落在她左邊屁股上。「妳教訓起別人倒是很大方啊。妳要知福惜福。這樣舒服嗎？舒不舒服？舒服——舒服嗎？喔，少給我繃著臉了。繃著臉是嗎？不說話是嗎？等等咱們就有得瞧了。要不要給我馬上回答？馬上——馬上。」鞭打的速度越來越快，但穆瑞兒仍毫不作聲。她就這樣一動也不動趴著，頭埋在沙發裡。每次鞭子一落在屁股上，她的身子便會縮一下，但她既不哭也不叫，不做任何聲響。

「還是這麼固執。」茱麗葉說：「咱們可不會允許，一定要堅持下去。」她來到另一邊，對另一片屁股動手，然後往更下方下手，狠狠打在她的大腿上。但是儘管穆瑞兒扭動得越見猛烈，她仍閉口不語。直到最後一抽，樺條落在她大腿之間，她才痛得發出一聲悶響。

「哼，我就知道不用多久我就成功了。」茱麗葉說，一面停手休息一會。「先生，你要動手了嗎？」

我從她手中拿起所剩無幾的樺條，經她這麼一打，上頭細枝早已斷落。

穆瑞兒的屁股已不復原樣。肌膚不再光滑潔白粉嫩，兩片屁股中間泛紅腫痛，滿布一條條紫紅色的傷痕，到了腿部和髖部處才不見痕跡。

「好了，穆瑞兒。」我說：「茱麗葉的份已告一段落。輪到我了。我要好好教訓妳，教妳待客之道。這樣如何？這樣又如何？」鞭子迅速落下。「要不要回答我？」我繼續抽打她，她卻仍然默不作聲，於是我只好加重力道。

「那裡！」茱麗葉一邊說，一邊用手指指向穆瑞兒屁股和大張開來的雙腿中間。「打那裡她就會開口了。」

我聽從她的建議，在她的大腿內側狠狠打了三下，鞭子還碰到她隱密的陰唇。

這下子顯然有效。穆瑞兒發出一聲又一聲尖叫，身子一面扭曲蠕動。

「不要打那裡，放開我！」她大喊：「喔，喔，喔。不，不要，不要，不要再打了。」鞭子再度重重落下。

她歇斯底里地啜泣，整個身子都在顫抖。我停手說：「唷，妳會說話了是嗎？以後會不會給我乖一點的？」

「喔，會，會！」

「妳喜不喜歡被鞭打啊？」我繼續說：「挨人打是不是跟打人一樣快活啊？妳喜不喜歡光著身子露屁股給我和茱麗葉看啊？」

她以啜泣代替回話，我認為懲罰已經夠了，正準備要放開她，茱麗葉見狀便出手阻止我。

「不，不，還沒完，她還沒受夠呢。你不記得她說要讓我受十字刑的折磨嗎？我知道那是什麼意思，我吃過一些苦頭。」她走去另一只箱子處，拿出兩條馬鞭和幾根藤條來，每種都遞給我一根。我丟下樺條的殘枝，等著看好戲。

「好了，夫人。」她說：「妳所謂的十字刑，我見識過不只一次。我希望自己還沒忘記妳的教誨。讓我瞧瞧。先來這麼一下，對不對？」她手上的藤條重重落在那兩片顫抖的屁股上。

穆瑞兒痛得尖叫，奮力起身轉到另一邊好躲開攻擊。用樺條懲罰完她後我便走開，因此雖然手腳受縛，她還是可以自由活動。

「老天，看來正中要害了。」我說：「親愛的，妳覺得如何？看起來這比樺條還要有效果。有什麼感覺？快點，告訴我。」

穆瑞兒僅僅發出呻吟，激烈地扭動身子。

「快點回答我，還是只挨一下妳還感覺不出來？這樣有沒有更清楚一點？」我揮動籐條，打在方才茱麗葉留下的紫青色鞭痕下方半寸的地方。

穆瑞兒痛苦萬分，徹底嚎啕大哭。

她弓起身子，胡亂蠕動，彷彿遭火吻似的

「妳不可以這樣亂動。妳這樣子太不像話了，亂動對妳也沒有好處。快點，有什麼感覺？比被樺條打還痛快嗎？還是妳懷念那些讓妳渾身刺痛的細枝？」

她仍不回話，只顧著啜泣呻吟。我越來越不耐煩了。「妳到底要不要回答？」藤條呼嘯掃過半空中，但沒碰到她，她的屁股因恐懼而顫抖。

「喔，太可怕了！」她氣喘吁吁地說：「好像一支火熱的鐵條烙在我的皮膚上。」

「呦，很好，那麼妳將會嘗到不少那些火熱鐵條的滋味。我們還沒玩完，妳的屁股就會變得跟燒烤架沒什麼兩樣。」

「沒錯，不過她可不能這麼動來動去的。」茱麗葉說：「不然我們就沒辦法在她屁股和大腿上畫出美麗的圖案了。她喜歡美麗的圖案，這點我知道，因為在折磨完我後，她都會讓我見識她在我身上創作出的傑作。任何一件作品，整齊光潔是最重要的，妳不是常常這麼說嗎，夫人？」她輕蔑地說道。

穆瑞兒沒有回答。

「哎呀，她聲音啞了。我們很快就會幫她找回聲音。先生，你要不要幫我？」她抓住女主人的手腕：「這兒應該用細繩綁住。先生，正如你所說的，性器裸露出必要的就夠了。」

她在沙發頂端找出一條細繩，跟綁住穆瑞兒腳踝的細繩相似。她將繩子套在穆瑞兒的手腕上拉緊，然後又拿起籐條就定位。

「先生，能不能請你站到我對面去，換你接手？下手不用著急，鞭子下來的地方要仔細琢磨。我想一邊應該有位置挨上十二下。」

她小心翼翼地用手指丈量距離，從屁股上面臀部開始隆起的凹處，往下量到膝蓋上方的大腿處。

「沒錯，我想她可以輕而易舉挨上十二下。可不可以請你每一次下手的地方，盡量維持固定間距呢？就像你本來弄得那樣。」

她指向兩道紫青色的痕跡，兩道傷痕跟中間完好無缺的肌膚形成強烈對比。

「好了。」她一面說，一面舉起藤條，打在屁股正下方的凹陷處，出現一條紅腫的痕跡，穆瑞兒又尖叫了一聲。

我舉起藤條，「就是那裡。」茱麗葉指著下方說。

藤條重重落下，又一聲尖叫。

「怎麼了，想要更多火熱的鐵條嗎？」茱麗葉譏諷道。

她手中的籐條啪地一聲落在我剛才畫出來的痕跡正下方，我的藤條緊隨其後。
「別著急。」她堅持地說：「每一邊屁股只能打十二下。著急對我們沒好處。下手太快她便沒辦法一一體會，我們還沒盡興就會結束了。她要是沒辦法了解我們為了要好好教訓她所費的苦心，不是挺可惜的嗎？」
「要不然每一下我們都大聲數出來，這樣就比較從容不迫了。」我說。
「讓她替我們數。」朱麗葉說：「我看看，剛剛那樣四下了。四下，聽見了沒有，夫人？剩下的請幫我們數出來。」
我抓住她的頭髮，將她的頭抬起來。「照我們的話去做。剛剛那樣是四下，把剩下的數出來。接下來是多少？」
我把她的頭往後一抓，「五。」她惶恐地喘著氣。
「就是五！」茱麗葉說，藤條應聲落下。
「喔，饒了我吧，饒了我吧。」受害者呻吟。
「繼續數。」
「六。」
我放開她的頭髮，仔細量好籐條落下的位置，然後打在茱麗葉上一個傑作的正下方。我們正好抵達渾圓小丘的頂點，藤條重重落在堅挺的屁股肉上。
「喔，天哪！」穆瑞兒說：「我要死了，你快把我弄死了。」
「我可沒死。」茱麗葉說：「而且我受的罪可不只如此而已，我不像妳這樣有那麼多脂肪保護我。」她挖苦道，手一面在傷痕累累的肌膚上摩擦。被她這麼一摸，穆瑞兒忍不住尖叫。

「我們在等妳呢，夫人。妳是不是繼續數比較好？這事越快了結，對妳越好。」

「七。」穆瑞兒喘著說，第七下應聲而落。

「八。」我接手。

「九。喔，停手吧，停手吧，可憐可憐我。」

「妳太沒耐心了！妳等不及了是不是？既然妳這麼想要，我就給妳吧。」

「十、十一、十二。」如今籐條已打到比豐滿的屁股更為柔軟、更為敏感的大腿。

「不然我們也可以自己數完。」茱麗葉說，神情看起來越來越興奮。我得承認自己已經有點按耐不住。我好想一鞭又一鞭打在這個無助的肉體上，接下來換我接手的那三下便有點隨便。

「穩住，」茱麗葉說：「不要毀了這燒烤架。」

「這樣好多了，二十二、二十三、二十四。」

「瞧瞧那裡，再好也不過了。都可以在上面譜曲了。」她撐著籐條站著，有點兒喘。

穆瑞兒已不再尖叫，只呻吟著，嘶啞地哽咽啜泣，整個身子都在顫抖。

我看著茱麗葉。老實說我有點擔心我們玩得太過火了，心裡有些害怕。我的表情一定透露出心中的恐懼，因為她笑了起來。「喔，用不著害怕，還沒完呢。她還受的了不少呢。最後我們還得移動她。不過這是多美的畫面啊，對吧？」她的手指沿著直線畫下去，欣喜若狂。

「啊，夫人，妳還記得我第一次受十字刑的時候嗎？我可沒忘記。妳笑得可樂的！現在換我笑了對吧？當時妳一定沒料到茱麗葉會有機會將她的名字刻在妳光溜溜的屁股上，否則妳就不會那麼熱心地讓我見識了。」

她走向綁住穆瑞兒雙腿的繩環，將其解開來。「把她的身子轉過來。」她對我說。

「比起臀部，搞不好她比較想露胸部和小腹。」我走向穆瑞兒，將她拉近我。她沒有反抗，雙眼緊閉，淚水沾濕雙頰，整個身子因為喘氣啜泣而顫抖不已。我將她翻過來，茱麗葉很快地重新綁好她的雙腿。她一感覺到屁股靠上椅墊，便猛然跳起，痛得尖叫，想再次翻身，但已來不及，茱麗葉已經將腳踝綁住了。

「好了，夫人，要來真的十字刑了。」她從女主人的頸部解開午茶裝，春光大洩。

她躺在那兒，張開四肢準備受刑，乳房堅挺，小腹因屁股靠著隆起的椅墊而抬高，雙腿大張，性器一覽無遺。

從我們現在的角度來看，在她身上看不到什麼受懲戒的傷痕，只有雙腿間隱約露出幾道挨樺條打過的痕跡，小穴的唇似乎也有些紅腫。

眼前如此香艷美景，看得我心狂意亂，目光不禁在她全身上下游移。她的姿勢讓人想怎麼上都行，害我忍不住想把手放在她雙腿之間，好好探索那雙唇大張的小穴。

茱麗葉看著我，醋勁大發。「你是不是想進去她裡面？早知道我就等明天再說，不過如果你想要的話，等我施完十字刑你就請自便，不會干擾到我的。事實上，反而會更有趣。她會同時享受到兩種截然不同的搔弄。」

我的手指開始探入穆瑞兒柔軟黏滑的小唇，同時茱麗葉則用其中一條馬鞭的鞭梢輕彈她的乳頭。她站在沙發前端，穆瑞兒雪白的胴體則在我們兩人之間伸展躺著。在我巧手溫柔的擺弄下，啜泣嗚咽的穆瑞兒逐漸發出嬌嘆聲。她的大腿緊縮，平滑的小腹微微抽搐痙攣，顯然挨打的痛楚並未完全剝奪她的性愛感官。

「她高潮的時候告訴我。」茱麗葉熱切地說，一面用鞭梢在她身上到處輕彈，邪惡地愛撫著她。

「到了。」我說道。我感覺到穆瑞兒的小穴收縮，屁股不自覺抬高推進，大腿縮緊，掐住我的手。

接下來發生的事我完全沒有心理準備。茱麗葉無預警地將鞭子高舉過頭，重重打在女主人的身上，直接打在她兩乳中間，打出一條又直又長的鞭痕，傷痕始於兩乳間的凹處，穿越肚臍，延續到精巧的褐色毛髮正上方，鞭子劃過那兒的肌膚，滲出幾滴血來。

原本熱情嘆息呻吟著的穆瑞兒，痛得發出一聲尖叫，但茱麗葉不予理會，她站到一旁，再度揮起鞭子打在那毫無防禦的肉體上，這次從橫邊打在她的胸部上。另一條傷痕出現，形成一個完美的十字。我感覺穆瑞兒的身子突然癱軟下來，我看著她的臉，她的臉色死白。她昏了過去。

躺在那兒的她看起來絕美無比，手臂綁在頭上，雙眼緊閉，小嘴微張，垂著頭，十字紫色的痕跡出現在她死白的肌膚上，她堅實豐滿的雙腿恣意伸展開來，露出那可人的捲毛和柔軟的陰唇，上頭裹著一層因為非自願的為愛犧牲而滲出的晶瑩愛露。我望向茱麗葉看她下一步打算怎麼做，然後去解開套環。

「喔，她沒事的。」茱麗葉說：「你用不著擔心。拜她所賜，我受過好幾次比那更殘忍的酷刑。先不要解開她。」

「我不會讓她再挨打了。」我說：「她吃夠苦頭了，拿點水來把她弄醒。」

茱麗葉走進臥室，我則將穆瑞兒的雙手和臉頰搓熱。她緩緩睜開眼，看著我。我準備好接受她怒目相向，憤慨以對，但卻只見百般順從和哀求的神情。

「好殘酷，好殘酷。」她低喃：「你怎能如此殘酷？」

我俯身輕吻她的雙唇。「我很抱歉，」我回答：「但還是得讓妳知道誰才是主人。妳學到教訓了嗎？」

她的眼神默認，我又吻了她一次。

茱麗葉拿著嗅鹽和冷水回來。

她的女主人一看見她走近，便怒氣沖沖地瞪著她，我看到她的眼神。「好了，不准對茱麗葉心懷憤恨。」我說：「讓她扶妳上床，好好照顧妳，我明天會來探望妳。」

「不，不要讓她靠近我。」穆瑞兒說：「我不要她，你來照顧我。」她轉向我：「我要你。」

「妳要照著我的話去做。」我堅決地說，我發覺唯有如此才能保住我新覓得的統治權。

「好了，茱麗葉，吻妳的女主人，友善地對待她。」

「讓我幫妳吧，夫人！」茱麗葉說：「妳也知道每當妳打完我，我都會讓妳幫我。」

「我們兩個都會一起照料妳。」我說：「茱麗葉，將洗澡水準備好。」

我將穆瑞兒的束縛解開，輕輕扶她起來。她無法忍受坐在可憐的屁股上，卻圈住我的脖子，伏在我的膝上，一副卑微屈從的模樣。

「喔，我的愛人，我的王。」她低語：「你已贏得我，你已統治了我。我是你的奴隸，我愛你，我崇拜你。」

茱麗葉回來說洗澡水已準備好，然後和我協力扶著穆瑞兒進臥房，一進門就是浴室，我們將她放入浴缸。

茱麗葉拿起裝著肥皂的碗，打出可愛的泡沫，準備抹到女主人的身上，一些肥皂水濺到我。

「你會把衣服弄髒的，」她說：「你最好把衣服脫掉。」

我照著她的建議去做，過了一兩分鐘，就脫得跟她們兩人一樣全身赤裸。我們一起洗淨穆瑞兒全身，接著茱麗葉拿出一只裝著香氛精油的瓶子，輕輕將油抹在那飽受折磨的屁股和大腿上。她溫柔地擦乾她的身體，扶她躺在涼爽的床單上。

穆瑞兒疲憊地嘆了一口氣，閉上眼睛。我拿了一條毛巾，開始要擦乾身體。茱麗葉則忙著整理，四處奔走，手腳明快地將瓶子、肥皂、刷子收好。

我彷彿身處古老的羅馬帝國。在這間大理石浴室中，我是一名年輕的貴族，茱麗葉則是照料我一切需求的女奴。

我看著她到處奔走的纖細身形，慾火越燒越旺。最後她蹲下來背對我，要撿起地上某個東西，不經意露出可人的屁股和大腿之間噘起的小穴。

我一言不發，悄悄走到她身後，一把抓住她的臀部，將小頭插進她的小穴裡，她的小穴已經準備好，迫不及待想被插入。

她嚇了一跳，高興地笑了笑。「你這個性急的傻小子。為什麼不到舒服的地方再做？」

但我已慾火中燒，按耐不住，開始用力地抽插起來。

「賽西爾，」穆瑞兒大叫：「你在哪裡？我想要你。」

「我現在沒空過去，我在忙。待會我就過去陪妳。」

「可是我現在想要你來。你在做什麼？」

茱麗葉咯咯地笑。我沒回答，只顧著繼續活塞運動。才剛完事，我就看見穆瑞兒映照在玻璃上佇立的身影。

「我就知道。」她說。

我已辦完事，便轉身面向她，茱麗葉也冷冷地轉身面對她的女主人。

我忍不住拿此插曲跟那天下午發生的事相比。

「妳在這裡做什麼？」我說：「回去床上。妳還想再挨一頓打嗎？」

「我想要你。」她卑微地說。

「我在忙，妳也看到了。待會我就過去妳那兒。事實上，我們兩個都會去。」

她憤恨地瞪了茱麗葉一眼。

「不准造次，」我說：「我不允許妳亂來。妳必須友善對待茱麗葉，馬上給我去吻她。」

她躊躇不定。

「馬上給我去吻她，還是要我拿鞭子來？」

「喔，不，不要。」她嚇得發抖，緩緩走向茱麗葉。

我靈機一動，「跪下！」我說：「然後親她的小穴。妳說妳想要我，那兒妳可以找到我的一些傑作。親她，謝謝她鞭打妳。」

看著穆瑞兒內心自尊和恐懼天人交戰，實在相當有趣。她瞥了我和茱麗葉一眼，然後啜泣起來，跪在女傭赤裸裸的身子面前，雙唇往那濃密的陰毛挨上去。

「說我叫妳說的話！」我催促她。

「茱麗葉，謝謝。」她一面啜泣，一面結結巴巴地說：「謝謝妳鞭打我。」

這已超過她的負荷，她低頭哭了起來。

茱麗葉起了惻隱之心。「喔，穆瑞兒，」她說道，一面溫柔地扶起她的女主人：「不要生我的氣，原諒我如此傷害妳。」

她將穆瑞兒扶起，雙姝倒在彼此的懷裡。

「這樣才像話。」我說：「現在我們上床睡覺吧。」

八、轉捩點

回顧以往，從那天下午開始，我改變了信仰——若是新教徒便會如此形容。遇見穆瑞兒之前，我可以說是對形形色色的淫亂之事毫無所知。在此之前，我的生活皆與常人無異，再平凡也不過了。讀公立中學時大家都嘗試過雞姦，自然我也不例外，不過上了牛津大學後我就戒了惡習，也對此嗤之以鼻。除此之外，我都只找女人洩欲，自然也嘗過魚水之歡，了解箇中妙處，但直到落入穆瑞兒手中，受她凌辱又對她報復之後，我才真正見識到支配與凌辱那既激烈又深奧的樂趣，才得以一窺其妙。仔細回想起來，我發覺其實自己一直都有虐待狂的傾向。小時候我就喜歡跟妹妹玩「學校」的遊戲，最後自然而然都會玩起「鞭打」來。我也記得十五歲那年在德貝郡度假的時候，在旅館房間內發現了一本書，裡頭有一章描述到鞭打的情節。一名可憐副牧師的孤女成了一位當地醫師和其妻子的「小鎮學徒」。她的主人對她百般凌虐。有一天，主人發現她跟一個男人在卿卿我我，賞了她一頓所謂的「濟貧院的晚餐」。書中有段文字描寫主人晚上拿皮帶鞭打她光溜溜的屁股，我記得我一看就興奮地勃起。我並未像一般同齡的年輕小夥子一樣以手淫洩慾，反而在當晚做了一場春夢，書中場景栩栩如生地再度在我夢中上演。

不管如何，是天生性好此道也好，是後天開竅也好，那天下午我得意洋洋地凱旋而歸。我已達到目的，報復了穆瑞兒，而且還將她制伏，支配了她，至少目前是如此。我一想到她已成了我的奴隸，對我卑躬屈膝，受盡我的凌辱，就沾沾自喜、心滿意足，佔有她身體的喜悅還遠不及此。

我對她的欲望再也不是男女間的交媾而已，而是將之支配征服。

翌日，我滿懷此抱負，匆匆忙忙地去見她。昨日離開她之前，我曾嚴厲囑咐過，要她不得因為當天受了屈辱和十字刑，就對茱麗葉展開報復行動，態度也不得怠慢。我也叮嚀茱麗葉，要是穆瑞兒對她下手，就必須馬上告訴我，並且為了她自己好，無論如何都不准屈服於她的淫威之下。「我將成為妳的主人，」我說：「也會成為她的主人。我不會與任何人分享我的權力。」

因此，我下定決心要留住新擄獲的奴僕，翌日便抵達其公館。茱麗葉一如往常地開了門。她臉色十分蒼白，雙眼微微泛紅。我問她發生什麼事了。「穆瑞兒很殘酷地對我。」她說。

「可是我告訴過妳不得屈服。」

「我是情非得已的啊！她當暴君壓榨我太久了，我沒辦法一下子掙脫這樣的束縛。」

「她幹了什麼好事？她應該已經精疲力盡，沒辦法太過分才對。」

「喔，你離開之後她便入睡，但傍晚就醒過來要我過去。我看她恢復得差不多，只是仍全身僵硬痠痛。她馬上抨擊我，說我背叛她向你倒戈，還發誓雖然沒辦法跟你算帳，我得為自己的變節付出代價。我告訴她你所說過的話，說你吩咐我不得屈從，但她聽不進去。我用盡全力抵抗，但她實在是太強壯了，比我還強。像我這樣受一個女人奴役多年是代表什麼，你不知道，你也無法了解的。幸運的是，還好下午的遭遇讓她身心俱疲，才下手沒多久，她就昏過去了。「可是你看看！」她掀起裙子，彎下身脫下內褲背對我，屁股上遍布十幾條鮮明的鞭痕。

「她用什麼打的？」我問道。

「用馬鞭打的。她恐嚇我說要用金屬絲製成的樺條教訓我，但那太刺激也太費功夫，她因此昏了過去。」

「她得為此付出代價。」我說：「至於妳——我說過，要妳不得屈服於她。妳怎麼敢違背我的話？」

「我很抱歉，我實在是情非得已。」

「抱歉！情非得已！沒錯，妳將會感到抱歉，也將會學習如何自制。帶我到她那兒去。」

聽了我的話之後，她露出驚恐的神情，但還是帶著我上樓到穆瑞兒的房間。

穆瑞兒躺在床上，臉色蒼白但十分可人。她的秀髮披散在肩膀上，我進門時她剛好抬頭，一見是我便開心地微笑。

「喔，賽西爾，我正盼著你來呢。我好想你。」

「嗯，」我說：「是嗎？那茱麗葉告訴我的是怎麼一回事？我以為我吩咐過妳，不得為昨天受的懲罰對她復仇，現在我卻看到她屁股上傷痕累累。她還說要不是因為妳昏過去，她還有得受的。」

「我想必可以懲罰我自己的所有物吧？人家知道妾身是你的奴隸，但在自己的地盤裡，我當然是女主人啊！」

「妳的所有物，妳是女主人？在昨天之前或許是如此沒錯，但現在既然我已嘗到權力的滋味，妳們兩人都是我的所有物，都得對我言聽計從。這還不都是拜妳所賜，這妳可得銘記於心。要是有我允許，妳或許可以教訓茱麗葉。但沒有我的允許，沒有我在場，妳不得造次。妳聽清楚了沒？茱麗葉，去拿箱子來。看來我最好教妳們兩人將這條新規矩銘記於心。」

茱麗葉奉命行事。穆瑞兒臉色發白，啜泣了起來。「你不要再打我了。因為昨天的折磨，我全身仍痠痛不已。你不會這麼殘忍的。」

「喔，一定還有很多地方沒被調教過。讓我瞧瞧。」趁她還沒意會過來之前，我趕緊掀開被單。她的睡衣也掀起，下半身一絲不掛。「哎呀……妳看，屁股和大腿的確傷痕累累了，不過背部和小腿倒毫無損傷。轉過身去。對，我想的沒錯。怎麼，不是還有很多空間嗎？」

此時茱麗葉已拿著兩只箱子回來，穆瑞兒手忙腳亂地想遮住自己的身子。

「喔，現在倒知羞恥了啊妳？」我笑了笑，「是不是遲了點啊？好了，茱麗葉，我已經跟穆瑞兒說過我對她任意處置妳的想法，她得為此付出代價。不過妳自己也不聽話，所以也得受罰。妳說過想要被我鞭打，妳的夢想成真了。妳最好把衣服給脫掉，不過不要全脫光，不然可能會嚇到有羞恥心的穆瑞兒。在這兒待上一會，我有個主意，以免故作矜持的她無臉見人。把帶子拿給我。」

我拿了帶子，將穆瑞兒的左腳踝和左手腕、右腳踝和右手腕綁在一塊，然後把她的身子翻到正面。

她彷彿不省人事似地一一順從。

「現在她看不到妳了，茱麗葉。不管她再怎麼絞盡腦汁去猜，也只能從我鞭子的聲音去推想妳的狀況。她想必心裡有數，知道自己現在的模樣更加不堪入目，而且她的姿勢最適合受懲罰了。好了，去把衣服脫了吧。」

茱麗葉的樣子有些驚恐，但雙眼同時也閃過一絲期待的神情，幸災樂禍地看著渾身赤裸的穆瑞兒。我拿起一根樺條，趁茱麗葉在脫衣服的時候，用細枝的尖端搔著穆瑞兒的小穴。由於姿勢的關係，她的門戶大開。

茱麗葉脫得身上剩下內衣和內褲時，我便叫她停手。「現在這樣就可以了。把內衣掀到屁股上面。」

她照著做。「到這裡彎下身去。」我指著離床邊不遠的一處，在這兒她的臉正好可以碰到四腳朝天躺在床邊的穆瑞兒的屁股和小穴。「把雙手放在膝蓋上。現在，」我說：「首先我要用鞭子抽打妳，就像在學校受罰那樣。聽好了，穆瑞兒，順便想想輪到妳的時候妳想怎麼玩。目前妳可以耐心地躺在那兒。」

我放下樺條，換了一根藤條，手臂用全力往後一揮，重重打在那半褪下的內褲上。力道之大且來得出乎意料之外，令茱麗葉痛得大叫，身子不由得往前一動，小臉就這樣撞上穆瑞兒的黑森林，穆瑞兒慌得喊出聲。

「怎麼了？」我問道。

「我不知道茱麗葉離我這麼近，嚇到我了。」

「喔，她離得很近呢。她可以看到妳春光外洩，對不對茱麗葉？」

「沒錯，先生。」

「那就告訴我們妳看得到什麼。聽好了，穆瑞兒。」

「我看得到穆瑞兒的屁股、小腹、還有她的……她的……」她住口不語。

「她的什麼？」我砌而不捨問下去：「她的小穴嗎？」

「是的……」

「那就這樣告訴她啊。」

「我不想要這樣。」

「唷，不想是吧。那這樣有沒有讓妳比較想啊？」我惡狠狠地用藤條抽了她一下。

「不要，喔，不要。」

「那就說出口啊。」

「穆瑞兒，我看得到妳的小穴……」

「裡面和外面都看得一清二楚？」我問道。

「是的，裡面和外面都看得一清二楚。」

「穆瑞兒，聽見沒？既然妳都已經把小穴露給我和妳的女傭看了，甚至就連裡面都讓我們一覽無疑，為何還要故作矜持呢？何必呢？妳的裡面我們都看得一清二楚了耶。我們可以看到妳那裡的陰蒂呢。」——我一面用藤條尖端碰觸其陰蒂——「幾乎可以看見妳的子宮了，我想。」

「喔，放開我，讓我走。想鞭打我就打吧，不要把我綁成這樣。」

「哼，用不著擔心，妳會好好地挨一頓打的。不過既然妳這麼按耐不住性子，我們現在就動手吧。滾到一旁去，茱麗葉。給我注意了。」

我揮起藤條，任其呼嘯劃過空中。我看見穆瑞兒大腿和臀部的肌肉縮了一下，好承受住重擊。為了逗弄她，我讓藤條落在離她身子兩寸遠之處。她忍不住大叫一聲。

「怎麼了？」

「我以為籐條要落下了，我聽見它在半空中掠過的聲音。」

「哼，妳很失望是不是？不期而遇總是比較美好的。」

正好說到「期」的時候，我用藤條狠毒地抽下去，穆瑞兒大吃一驚，放聲尖叫。

我轉向仍彎著身子的茱麗葉。

「好了，繼續教訓妳。我打妳幾下了？」

「兩下。」

「兩下。唉呀，那不就還剩兩下。在學校的時候只能打四下。」

藤條重重落下，每一擊都讓茱麗葉的臉埋入穆瑞兒似苔的陰毛裡。

「好了，把內褲給我脫下。讓咱瞧瞧籐條的傑作。到穆瑞兒旁邊躺下，用同樣的姿勢躺著。」

儘管有內褲保護著，雪白的屁股上仍被我抽出四條鮮明的紅色鞭痕。

我欣賞著大剌剌展示在床邊的那兩顆又紅又腫的屁股，看起來相當奇特有趣，令我不由得心生一計。

我走到梳妝台，找出一對梳子。

接著我到床上坐在兩名女孩中間，把兩人的屁股當作小鼓打了起來。我自編起一首愚蠢的韻文，照著節奏打拍子，像是這樣：

「穆——瑞兒，穆——瑞兒，

我要好好打妳的屁——股。

茱——麗——葉，茱——麗——葉，

我要讓妳難忘懷。」

我時而用梳子背面，時而用刷毛那面打節拍，間隔幾個音節交替以梳子拍擊來強調重音。打擊的力道輕重不一，我刻意如此，好不讓她們猜到下一拍是哪面。我用梳子梳理兩人小穴的毛髮，時而溫柔，令其在淫蕩的愛撫下擺動玉體，時而粗野，彷彿在擦洗街道般用力，令其痛苦地蠕動。

玩膩這遊戲後，我再度對穆瑞兒開口。

「妳剛剛是不是要我放開妳，然後鞭打妳？我不確定要不要照妳的話去做。」

「這樣太難過了……我的腿和手臂都快麻痺了。喔，請把我解開吧。」

「茱麗葉，如果妳想的話，可以把她解開。現在給我到角落去罰站面壁思過，等到我準備好為止。不准轉過頭偷看。茱麗葉，把她的睡衣脫掉，還有把妳自己的內衣內褲也脫掉。好，就像這樣沒錯。現在到她身邊罰站。」

我從箱子裡拿出一根樺條，還有那支打了繩結的鞭子。

「好了，」我說：「現在因為妳們兩個不聽話，我要打人了。穆瑞兒，我吩咐過妳，不得因為昨日妳挨打而企圖對茱麗葉報復。還有茱麗葉，我說過，如果她想跟妳算舊帳，妳也不准屈服。妳們兩個都活該，給我嘗嘗這個。」我舉起樺條重重打在兩人屁股上，一下接著一下。茱麗葉僅縮了縮身子，但穆瑞兒的臀部劇痛難耐，她忍不住把手放在火燒般的屁股上。

「把手拿開！」我說，一再鞭打她的手：「如果妳不把手拿開，我就把妳綁起來……好了，妳們兩人敢不敢再違抗我的命令？」樺條咻——咻地落在茱麗葉的大腿上。

「喔，不——不——再也不敢了。」她啜泣著說。

「妳呢？」我對穆瑞兒說，一面跨過去，用樺條打她的小蠻腰和小腿，這兩處跟其他地方比起來算是完好無傷。她發出啜泣聲，搖了搖頭。「回答我。」

「不，喔，不要打那麼下面。」樺條落在她膝蓋後方。

「哼，用不著妳操心，過沒多久妳上面就有得受了。好了，茱麗葉，妳的份告一段落了。過來這裡，面朝著我跪下。」

我把她的頭拉到我兩腿間，高舉樺條打在她的大腿和屁股上。偶爾我會對準她雙臀正中間打去，如此一來細枝尖端便正中她的小穴。她又是尖叫、又是蠕動、又搖又扭，苦苦哀求我手下留情。

「妳聽見了沒，穆瑞兒？」我說：「這跟妳待會要受的苦相比，根本算不上什麼。看樣子妳應該等不及了吧？先給妳一點甜頭嘗嘗吧。」

我剛好可以用樺條碰到她，抽了她一下，然後又繼續懲罰被緊緊夾在我雙膝之間的茱麗葉。挨了我這頓打後，她的屁股和大腿都變得紅腫烏青，上頭穆瑞兒的馬鞭和我自己的籐條所造成的暗色傷痕格外突出。

「親愛的茱麗葉，妳後面的格子細工挺不賴的嘛。我都不知道自己有如此設計天分。妳受夠了沒？妳覺得自己會不會再造次？咱們來好好確認一番吧。」於是我竭盡所能飛快地揮鞭笞打她全身各處，直到喘不過氣為止。茱麗葉越哭越急促，左右蠕動身子，卻總是逃不出無情棍棒的魔掌。她身上破皮的地方開始滲出血來，血甚至還從腿部流淌下來。樺條的細枝掉得房內到處都是，最後我的手中僅剩下殘幹。

於是我鬆開大腿，她摔到地板上，抽搐著、呻吟著，雙手本能地伸到滿布瘡痍的屁股護著，以免再次遭襲。

期間穆瑞兒都一直乖乖聽話面壁罰站，一副擔憂的樣子。她知道自己在我一觸可及的地方，因此不敢亂動或亂看。

我轉過身面對她。「好了，穆瑞兒，過來這裡。輪到妳了。」她轉過身，一臉哀戚的走向我。「跪到地上去，」我命令道：「撿起那些斷掉的細枝。房間可不能這麼凌亂不堪。妳越快清理完，對妳越好。」我將手中樺條扔掉，拾起附有五根鞭梢、打著繩結的鞭子，在她的脅腹處以中等力道抽了一下，她嚇得倒抽一口氣，馬上從命跪下，趕緊檢起掉落滿地的殘餘細枝。她毫無羞愧地裸著身子受屈辱的模樣，簡直宛如人間美景。她趴在地上匍匐著，想避開我的抽打，同時也想盡快撿起細枝。我緊追著她不放，剛開始還小心翼翼地不去碰到受過昨日鞭打仍疼痛不已的部位。鞭子落在她的背部和脅腹上，時而打在肩膀上，時而打到腋下。肋骨下方較為敏感的皮肉也挨了不少下，打了繩結的頂端擊在小腹上。她的身上開始出現鮮明的傷痕，最後她終於撲到我腳下，雙手滿是細枝，懇求我垂憐，信誓旦旦地說再也不敢違抗我的命令。她甚至還乞求茱麗葉替她向我求情。我任由自己被她說服，要兩人彼此照料，但也警告她們要是讓我發現再有人造次，將會有更嚴厲的懲罰等著她們。

接著我便準備離開她們。儘管鞭打令我興奮不已，我卻不像昨天那樣有性致，那樣渴望享受性愛。

「賽西爾，你該不會要走了吧？」穆瑞兒哀求地說：「你已經懲罰過我們兩人，該行行好，滿足我們的需求了。」她挨近我，宛如一名懇求者，帶著乞求般的神情盯著我不放。茱麗葉也用哀求的目光瞥向我。

我裝作不解風情。

「妳挨的打還不夠嗎？」我問道。

「喔，夠了，可是我想要——我想要——」

「想要什麼？」

「討厭，如果一定要我說出口的話，我想要你在人家裡面。」她羞紅了臉，結結巴巴地說。

「不行，」我嚴厲地說：「妳不配。我也不打算滿足妳的慾望。不過，妳們兩人可以跪下來親吻妳們所崇拜的陽具之神，就當作日行一善，僅止於此。」

我解開褲子掏出陽具，任兩人輪流靠上來。為了羞辱穆瑞兒，我叫茱麗葉先來，她跪著靠向我。我沒讓她享用太久，便要她讓位給穆瑞兒。她飢渴地跪在我身前，抱住我的臀部，對著我直挺挺的小頭又親又舔。人的本性實在過於強烈，我忍不住潰堤，射得她的臉和脖子到處都是。但比起從鞭笞兩人的玉體所得來的快感和征服感，這點小玩意實在毫無樂趣可言。

九、茱麗葉的故事

在此之前，我只不過是個有著正常慾望的男人。如今，對我而言，和女性的身體結合卻成了次要的考量。支配別人令我陶醉入迷，欲罷不能，雖然穆瑞兒和茱麗葉都成了我的情人，但她們比我還要來得樂在其中。對我而言，我是她們的主人，而她們是我的奴隸。

我很快地鞏固了我至高無上的地位，第一個證明就是我要求她們給我家裡的鑰匙。有了鑰匙，我便可隨時不速而訪，但我想沒理由對穆瑞兒心生戒備。她對我倒沒什麼怨言，挺滿足現況的，至少現在是如此。她向我坦承她很訝異自己竟然會向男人卑躬屈膝，但儘管如此，還是很樂意讓我支配她——至少她自己是這麼說的。不過對於茱麗葉則不然。她倒不是真的對茱麗葉心懷怨恨，但顯然已打定主意要跟她算這筆帳。她自己也很清楚我是不會容許狡詐復仇的行為，我已經跟她說得很明白了，不過我還是看得出只要一有機會，她就會要茱麗葉付出代價。她也不打算放棄行使多年的專制權勢。某天傍晚，她將內心想法向我開誠布公。「對你來說一切都很順利，賽西爾，」她說：「你已制服了我，我承認這實在是出乎我意料之外，但你還是制服了我，我也為此對你傾心。不過茱麗葉可不同。她一直臣服於我，當我們還一起上學的時候，她就已任我差遣，我也習慣對她不滿意的時候就鞭打她。」

「一起上學？」我重複她的話。

「沒錯。你不知道嗎？」

「不知道，茱麗葉曾說總有一天她會告訴我妳是怎麼開始支配她的。就是那天下午妳在起居室抓到我倆偷情……反過來變成妳被我倆抓住的時候說的。」我不懷好意地加了這麼一句：「可是當時她說這個故事說來話長。」

「那我們要不要叫她進來告訴你？」

「如果妳想的話。」

她按了鈴，茱麗葉應聲進門。「茱麗葉，賽西爾說妳答應要告訴他我們兩人認識的經過。坐下來好好說吧。」此時她正坐在我膝上，雙臂圈著我的脖子。

茱麗葉猶疑不決。

「說啊！」穆瑞兒說：「妳應該沒忘記克利佛頓和南列中學吧？讓我想想，一切的始作俑者是莫德．傑佛瑞對不對？」

「誰是莫德．傑佛瑞？」我問道。

「她是隻野獸。」茱麗葉說道，欲言又止。

「說下去。」我說。

「當時我只不過是個年約十一歲的孩子，她十七歲。我和大部分女孩都恨她，但她很強壯，因此大家都怕她。在學校裡，所有體格較壯碩的女孩都有小女孩作伴——她們稱之為『小嘍囉』——專門幫她們跑腿還有……做其他事情。」

「喔。」我說。

茱麗葉羞紅了臉。「直到我來上學之前，莫德都沒有小嘍囉任其差遣。沒人要我，穆瑞兒妳那個學期又因為猩紅熱休學，其他女孩都已經有屬下了，所以她就把魔爪伸向我。當時我完全不經世事，還沒上學之前都是待在家裡。莫德要我聽任她差遣，我看見同齡的女孩們都替年紀較大的女孩跑腿做事，自然也視其為理所當然。她們似乎都樂在其中，也得到糖果、寵愛作為回報。有時候熄燈之後，大女孩也會叫小嘍囉過去，我還曾聽到她們在親吻、情話綿綿的聲音。那時我沒多想，只希望有人來疼我寵我……但就是不要莫德，我才不要她來疼我，她實在有夠粗野……她都不洗澡的，噁！

「上學上了一個禮拜後，有一天，一名大女孩因為某些理由抱怨她的小嘍囉，好像是因為不合她的意吧。當大家都上床後，竟然有人告訴我不要馬上脫衣服。其他小女孩顯然知道即將發生什麼事。犯人被帶進我的寢室，我跟大部分的小女孩一樣，住在較大間的宿舍裡頭。她的學姊口頭教訓她一頓後，就要她『彎下去』。她沒穿什麼衣服，在床上彎下身。接著學姊從她的箱子裡拿出一根小藤條，在她的小屁股上狠狠打了十幾下。那孩子不停地啜泣，起身回去自己的房裡。我看得目瞪口呆，但其他女孩似乎看得津津有味，不當一回事。別人告訴我可以脫衣服了，我才脫，內心感到十分緊張不安。我上床之後，燈便熄了，我聽到莫德在叫我，於是便走到她床邊。

「『到床上跟我躺著。』她說：『我想跟妳聊聊天。』我怯生生地照作。

「『妳看到艾西挨打了？』

「『是的。』

「『在這裡調皮的女孩就會有如此下場。妳給我小心點。要是小女孩不聽話的話，學姐就會鞭打她們。妳想要我怎麼打妳啊？』

「『喔，莫德，拜託不要。』

「『那就小心不要自找麻煩。』」

「我不喜歡接下來的話題，便作勢要下床，但莫德卻一把摟住我。『不行，妳還不准走。妳從來沒有跟其他女孩睡在一塊對不對？』

「『沒有。』

「『啊，那就親我，小毛頭。』

「我不怎麼想親她，卻還是照做了。令我訝異的是，不僅雙唇，就連她的舌頭也靠了上來。我往後退，卻逃不了。她的手往下游移，開始掀起我的睡衣。我感到雙頰羞紅火熱。

「『以妳這個年齡來說，妳的小屁股挺不賴的嘛，很適合挨打。』

「『喔，莫德，不要……這樣很粗魯。』她笑了笑。

「『把妳的手給我。』她拉起我的手，在我還沒意會過來之前，便把我的手放在雙腿之間。『手不准拿開，跟著我做。』她掀起我的睡衣，粗魯地把手放在我的雙腿間去……喔，我實在太難為情、太害怕了。

「『喔，不要，請別這樣，莫德，不要！』我一面說，一面試圖將她的手推開。

「『小鬼，照著我的話去做。』可是我實在太難過，突然哭了起來。

「『閉嘴，妳這白癡，妳會後悔的。明天我就會跟妳算帳。給我滾回妳自己的床去。』於是我便慘兮兮地爬回去，抽抽咽咽的入睡了。

「翌日傍晚，莫德吩咐我，沒她的允許不准上床。然後她便召集其他學姐，向其述說來龍去脈，我則在一旁穿著睡衣罰站。她沒什麼人緣，但南列中學的規矩很嚴格。學姊絕對有權力懲罰小嘍囉。雖然其他學姐不喜歡她，為自己著想，她們也不願鼓勵屬下造次。而且，我後來才知道，她們全都像莫德一樣，對小嘍囉予取予求，也不顧我害怕地抗議。因此我必須在床前彎下身子，就像昨天晚上我看見另一名小女孩那樣。莫德借來一根藤條，掀起我的睡衣，重重打了我可憐的小屁股十下。喔，我永遠忘不了第一次挨打時所受的痛苦與屈辱。我又哭又扭又踢，但莫德用一隻手就輕而易舉將我壓制住。她一面邊打我，一面奚落我：『這樣是不是很粗魯啊，羞羞臉小姐？喜歡光著身子給全宿舍的人看吧。』

「她打完後說：『現在給我上床，熄燈後來找我。』我爬上床，過沒多久燈便熄滅。我動也不動，但過一會兒便聽到莫德在叫我。我沒回答，於是她來到我床邊，粗暴地拉下被單。她把我的身子翻過去，掀起我的睡衣，又開始打我。我大聲尖叫，但她把我的頭壓向枕頭，讓我叫不出聲來。在她停手前，想必我挨了她二三十下鞭子。

「『現在妳來不來我的床上？』我傷得太重，也太害怕，不敢再反抗，只好可憐兮兮地跟在她身後，照著她的話去作。

「喔，我好討厭跟她親熱，也很恨她霸王硬上弓。當時我太年輕，無法享受箇中樂趣，還有我說過，她都不洗澡。」

我笑了出來——我實在隱忍不住，穆瑞兒也是。

「你們盡量笑沒關係，但真的很可惡。」

「我想也是。」我說，「繼續說。」

「之後就一直是老樣子。莫德老是跟校長華特夫人起爭執，自己挨罰後總是愛拿我出氣。終於有一天，她作弊被抓包，全校四十個學生都被叫進大教室。我知道華特夫人會鞭打女孩，雖然我總逃過一劫，而且鞭刑都是私下執行的。然而，這次華特夫人卻召集全校學生，訓了我們一頓，告誡我們要誠實，接著叫莫德出來當眾訓誡她之後，便叫法文女教師帶她出去準備受罰，並要我們到處罰室去。我從未進過處罰室，以前大家都稱之為『淚之谷』。那是一間位於頂樓的空曠大房間，裡頭唯一的傢俱是一只櫥櫃、一張又長又窄的桌子，兩邊垂著寬皮帶、一個類似鞍馬的東西，牆上還嵌著一架可移動的消防梯。房間周圍擺著長板凳，我們就坐在板凳上等待。過了一兩分鐘後，華特夫人便和其他教師走進來。她按了一下鈴，房間彼端的門打開來，老師便帶著莫德進來。莫德的樣子十分滑稽。她天生就長得肥胖粗壯，當時她身上穿的服裝並未讓她的模樣看起來較為美觀。她穿著一件法蘭絨晨袍，一臉恐懼，蹣跚而行。她的樣子實在太令人發噱，儘管我又驚愕又緊張，還是忍不住咯咯笑了起來。」

「『是誰在笑？』華特夫人立刻說。我全身顫抖，站了起來。

「『是妳在笑嗎？』

「『是的，夫人。』我結結巴巴地說：『我不是故意的……只是莫德的樣子實在太可笑了。』

「『嗯，她很快就不會看起來可笑了。我瞧瞧，妳是新來的女孩。』

「『是的，夫人。』

「『喔，所以妳以前沒有出席觀賞過懲罰囉？那對妳來說，這會是寶貴的教訓。過來這裡，傑佛瑞小姐。』莫德走了過來，站著發抖。

「『有人發現妳試圖抄襲隔壁同學的法文作業。』

「『是的，夫人。』

「『很好，接下來的事妳心裡有數吧？』

「她招手向法文教師和副教師示意，兩人便抓住莫德，將她帶到桌子上，臉朝下趴著，好讓雙腿掛在另一端。然後她們將桌子左右兩邊的帶子緊緊扣在她背上，一條綁在肩膀下方，一條綁在腰部，一條綁在臀部。華特夫人到櫥櫃去拿出一根長藤條，回到莫德身邊，脫下她的晨袍。現在我才明白為何要將晨袍反穿。這樣釦子解開後，才會往兩旁敞開，莫德身上僅穿一件內衣。內衣被掀得很高，莫德那又肥又粗糙的屁股便袒露在眾目睽睽之下。夫人高舉藤條，大力一揮，第一抽落下。莫德開口大叫，我從來沒聽過如此淒厲的叫聲。第二下也落在同樣的地方，接著又一聲尖叫。年紀較大的女孩露出微笑。惡名昭彰的莫德是個膽小鬼，眾所皆知。但華特夫人仍繼續有條不紊地鞭打她，對她的哭喊充耳不聞。只有在莫德開始亂踢時，她才說：『不要亂動，不然就把妳綁起來。』但莫德的腿仍不停地胡亂飛踢，姿態極其不雅。華特夫人打了十下，每下都留痕，最後才用手勢向那兩名教師示意，指向鞍馬。兩人將鞍馬推到教室中間，解開莫德，把她扶上馬。其中一人將她的手腕綁在鞍馬的兩隻前腳，另一人則把她的雙腿拉開，將腳踝綁在另外兩隻腳上。我們眼前只見莫德被藤條鞭得傷痕累累的屁股、她的腿，還有平常藏在雙腿間的私處。此時華特夫人放下藤條，改拿起一根長樺條。如果說籐條令莫德痛得大叫，樺條則是令她驚聲尖叫。但華特夫人置若罔聞。樺條無情地落在那兩片肥屁股上，打得其又紅又紫。她下手速度越來越快，直到最後多數細枝都斷裂，手中只剩殘枝為止才停手。女教師將站都站不穩的莫德解開，她全身顫抖，虛弱無比，不停啜泣著。

「『妳敢不敢再作弊？』

「『不敢了，夫人。』她結結巴巴地說，跪了下來。

「『很好，把她帶走。』

「這就是我在南列中學時目擊的第一場鞭刑。解散後，我發現大部分的學姊都跟她們的小嘍囉到書房去了。我正為終於可以暫時擺脫莫德的魔掌而暗自欣喜。我以為挨了這頓打，莫德便沒興致管我。但我的希望落空。

「『莫德要妳去宿舍，茱麗葉。』一名小女孩說。我不敢不去。我看見莫德在床上啜泣。

「『喔，妳來了，妳這個小畜牲。妳笑我是不是?很好，我的女孩，等我康復後，我就要妳為此付出代價。現在幫我在腿上擦藥膏，我的梳妝檯裡有藥膏。』我找到一些藥膏，莫德轉過身去。

「『把衣服拉下，擦上藥膏，給我輕一點。』我當然不喜歡幫她的屁股塗藥膏，但看見她的臀部被打得不成樣子，我實在很開心。擦藥的時候，她一直躺著，一面呻吟，一面咒罵華特夫人，罵到我擦完才住口。當晚她全身太僵硬、傷口也太疼痛，雖然她還得露屁股給全宿舍的人觀賞（這是南列中學的傳統，就連最大的女孩挨打後也無法推辭），但並未向我伸出魔爪。不過翌日晚上……我得為嘲笑她付出代價，她什麼都逼我做了，噁。」

「什麼都做？」

「沒錯，我不只得用手指……還要……呸。」

「可憐的小女孩，但妳沒有受苦太久對不對？」穆瑞兒說。

「沒錯，感謝上蒼，妳回來把我從她手上贏走。」

「贏走妳？」

「沒錯，那是南列中學的傳統。學姊不能把另一位學姊的小嘍囉搶走，除非是她贏來的。有時候學姐們會彼此說好互換屬下，可是如果喜歡上某個屬下，學姊就必須以搏鬥來把她贏過來。喔，這可是件大事。整個宿舍都會清空，圍起格鬥場，作為戰利品的屬下會被脫光衣服放在五斗櫃上。兩名鬥士也會赤身裸體，用打了結的毛巾攻擊對方。打鬥期間禁止扭打或抓住對方。我永遠忘不了那因我而起的格鬥戰。皮膚粗糙、頭髮粗黑的莫德又肥又醜，而妳，親愛的，在她身旁看起來是多麼脆弱啊。喔，那時我真心希望妳贏。」

「那到底發生什麼事了？」

「喔，我贏了。」穆瑞兒笑著說：「我在家常和哥哥喬治打鬧著玩。他在學校裡學會玩這遊戲，放假的時候都會拿我當沙包練習。」

「喔，是嗎？」

「當然是穿著睡衣玩，你這壞蛋。所以我學了一招，把毛巾末端沾濕，就可以比莫德打得更準。我的腳程也比較快，莫德又膽小得要命。我打中她的大腿一兩下後，她差點就投降了，最後我用哥哥的獨門招數，正中她雙腿之間，打得她怒聲大吼：『喔，把那小畜牲帶走吧，我不想要她了。』然後她就上床睡覺了。」

「就是這樣，從此以後我就一直為妳所有，對不對？」茱麗葉說，一面張開雙臂摟住穆瑞兒。「那時我就愛上了妳，現在也仍愛著妳，雖然有時妳對我很殘忍。」

「可是怎麼會？……為什麼？……」

「你的意思是，茱麗葉怎會淪落到這裡是嗎？」

「沒——錯，還有……」

「還有什麼？」

「她跟妳是同學……可是……」

「喔，你是說，你以為她是我的女傭吧。喔，那是你自己想錯了。她告訴我那時你來訪，從你的行為舉止看來，她很確定你把她誤認為女傭了。我們兩人也說好就這樣維持原狀，直到瞞不住為止。不，其實她是我的女伴。告訴他故事的來龍去脈吧，茱麗葉。」

十、三人對決

「那好吧！」茱麗葉說：「我的父親驟逝，從此以後我們就家道中落。」

「妳得從更早之前講起。」穆瑞兒說：「一切要從我離開南列中學時說起。你知道，莫德一直對我從她手中搶走茱麗葉這件事懷恨於心，極盡所能想報復我們。其他小女孩都已名花有主，雖然有時學姊會跟別人共享部下，但沒有人願意跟她分享。她沒有將宿舍裡夜晚的遊戲說出去，因為我們全是一丘之貉，這樣做她便成眾矢之的，她膽小得要命才不敢惡人告狀。但她對我們兩人懷恨於心；恨茱麗葉，因為沒辦法讓她心甘情願跟她親熱，也恨我，因為她看到茱麗葉滿心熱切服侍我，做什麼都願意。

「就這樣過了一年左右，直到某天炎熱夏日在花園中，我心癢難耐等不到晚上，便和茱麗葉在草地上稍微『調情』起來，當時草長得蠻長的。莫德一定是看到我倆，向華特夫人告狀，因為我們正躺在彼此的臂彎裡，卻突然被華特夫人的聲音嚇到：『妳們這是在做什麼？』

「她站在那兒低頭看著我倆。『馬上給我起來，茱麗葉。穿上內褲，去把手洗乾淨，然後到我房裡。』到了校長房間裡，她大發脾氣很狠罵了我們一頓，還說要當眾將我們退學。但我才不怕呢。」

「每年學費可是付了兩百英鎊呢。」茱麗葉竊笑。

「沒錯。所以她嘮叨了好久，最後就說為我們的父母著想，免得使其蒙羞之類的話，把我們打一頓就會放我們一馬。但要我們不准再重蹈覆轍。喔，好啊，一定不會。我們再也沒有在花園裡親熱過。她問我們其他女孩是否也做過如此逾矩的事，我們當然說沒有。然後她還問我這是從哪學來的。我說是跟家裡的僕人學的。『我想也是。』她回答。如今回想起來，她一臉飢渴地聽著我們敘說細節，兩眼閃閃發光，我才發覺其實她自己也跟我們一樣。不管怎樣，我們還是挨了一頓打，不過是私下處分，因為她不想公開不光采的事讓眾人去嚼舌根，以免大家有樣學樣。」

「打得重不重？」

「重得很呢。我在學的時候挨了不少棍子，離開學校之後，她還告訴我，她很喜歡鞭打我。」

「她都打妳屁股對不對？」

「沒錯，她老愛打我們這些小女孩的屁股。她總是把我們放在膝上，掀起衣服，脫下內褲，用她的手或用梳子背面打我們。真沒想到，這樣也挺痛的。過了一個禮拜我沒辦法好好坐下來。」

「不過我們倒擺了莫德一道，對吧？」

「那是怎麼一回事？」

「喔，那天傍晚我們在宿舍舉行了軍事審判。我們買通女傭，要她半小時不得張揚，然後讓莫德受審。全校學姐自然等不及想好好懲罰這個告密者。我們罰她受夾道鞭笞的刑罰，被她兩名受害人鞭打。真是好玩。想像這個十二歲的孩子——她指向茱麗葉，鞭打一名十八歲女孩的肥屁股。『打得再大力也不夠！』她興奮地差點嗚咽起來：『我怎麼打也打不夠。』我想應該是這樣，不過整個局面她掌控得很好，雖然莫德被我們壓住，仍然不停地扭動身軀。接著便輪到我洩憤，最後她還得赤身裸體，在兩排拿著籐條全副武裝的女孩之間，全宿舍跑上跑下三趟。她跌了不只一跤，棍子從沒停過，搞得從頭到腳、前胸後背、全身傷痕累累。她還是不敢說出去，不過學期末就離開學校了。我也是。」

「下學期還沒開學，茱麗葉的父親就過世了，就像她跟你說的那樣。我聽聞噩耗後，就要我的母親讓她跟我們一起住，請我姐姐的家庭教師教她讀書。母親過世後，我結了婚，但還是讓她待在我身邊，是情人也是摯友。我那笨老公絲毫沒起過疑心。現在我們還是在一塊。」

「她仍然讓妳……」

「鞭打她嗎?當然，惡習難改，而且她從來沒成為一個擁有自己小嘍囉的學姐。」

「我還蠻喜歡決鬥的主意。」我說：「我很想親眼看看決鬥一場。」

「你當然想看，不過這裡也沒有小嘍囉可以爭奪……除非……」她望著我。

「除非什麼?」

「除非你當小嘍囉。沒錯，這樣就行了。你當小嘍囉，我跟茱麗葉兩人為了爭奪你而決鬥。來吧，茱麗葉，把他的衣服脫掉，人放在高處……咱們把他擺在鋼琴上好了。」

於是兩人笑著便抓住我，我也任其擺布脫衣。然後我站到小型三角鋼琴上，兩人很快地把自己身上的衣服脫光，從臥房拿了幾條毛巾出來。聽了她們在學校的艷事，我感到異常興奮，若身處羅馬花園中，我這稻草人應該會有不小阻嚇作用。意思當然不是指我毫無用武之地，而是我的武器已呈現雄糾糾氣昂昂的狀態，所向披靡。兩人將家具推到後方，好清出位置來。

「準備好了嗎？」穆瑞兒說，「做好防衛吧。」兩人右手拿著毛巾，屈身蹲伏，稍微往前傾。

「不准打到腰際以上的部位。」茱麗葉說。穆瑞兒出手一揮作為回應，可惜沒打中茱麗葉的右大腿。茱麗葉以迅如閃電之姿，將毛巾往上一甩，恰好打中對方下體褐色的捲毛。

「奸詐的小妞，教別人招數這麼教法，實在很沒格調。」她左閃右躲，佯裝出手攻擊，最後把握到良機，揮出毛巾打在茱麗葉的左邊屁股上，打出清脆的響聲。

「唉唷！」茱麗葉一面說，一面用手護住那個部位。

「首度得分。」穆瑞兒大叫。茱麗葉不發一言，只是全神貫注，滿心警戒地盯著穆瑞兒不放，敏捷地將毛巾前後甩阿甩的。穆瑞兒使出左右虛擊，最後朝著茱麗葉狠狠打了過去，卻不幸失手揮過頭。茱麗葉正是在等這個時機來到。當穆瑞兒往前伸去時，她飛快地用毛巾打中穆瑞兒雙腿之間兩次。穆瑞兒趕緊向後一躍，躲開她的攻勢，揉了揉傷處，接著又向前一跳，無視對方攻勢，只顧連珠炮地向茱麗葉展開絕地攻擊。她用左手臂做盾牌抵擋，左攻右打，到處都不放過。她手腕動作敏捷，眼睛銳利無比，令我看了十分訝異。最後兩下接踵而來，打在茱麗葉的屁股中間，茱麗葉向後撤退，她卻追著不放，以連續反手擊進攻，兩下都打到茱麗葉的雙腿之間。

「夠了，夠了，我認輸。」茱麗葉氣喘如牛地大叫。

「來吧，賽西爾，你是我的人了。」我跳下來，「把箱子拿來，茱麗葉。」

「什麼！」我說：「難不成妳要打我嗎？」

「小嘍囉總是要挨打的……僅只一次，請讓我打吧……你想要的話，之後可以打我……而且這只不過算愛的鞭刑而已。」

「不行！」我說：「這樣好了。咱們來個三方對決吧。我一個人挑妳們兩個。只要有人打到對方一下，就可以打對手五下。妳們可以自選武器，看要毛巾還是樺條。」

「我要毛巾，」穆瑞兒說：「毛巾比較長。」

「我要樺條，」我說：「好了，上吧。」我等著她們出手，正如我所預料，我輕而易舉便躲開茱麗葉，用樺條擋掉穆瑞兒的攻擊，並趁她尚未回過神來，用細枝打在她雙腿間。

「一下，去沙發上趴著，穆瑞兒。」

她照著做了。「親愛的，不要打太大力。」我拿捏好力道打了她五下後，她便起身。

「第二回合。」我說。這次穆瑞兒的攻勢較緩，不那麼急迫，她小心翼翼地盯著我的樺條，以免毛巾被樺條纏繞住。茱麗葉則讓我的手忙個不停，到處揮打。最後我以為自己把握到良機，向她揮棍而去卻失手，接著兩條毛巾立刻向我圍攻過來，一邊一條。穆瑞兒樂得大喊。

「來吧，茱麗葉，現在換我們了。」基於面子，我無法拒絕也無法抵抗，只好風度翩翩地躺到沙發上，讓兩人各打我五下。兩人都沒有想傷害我，只是淘氣地故意將樺條打在我兩片屁股和大腿之間。

「第三回合，小心了，茱麗葉。」她顯然樂在其中，放聲大笑。接下來一兩分鐘是一陣攻防戰，我左閃右躲，最後終於打中茱麗葉的大腿，不過我想那次是我運氣好，剛好命中目標。雖然那下僅擦過大腿而已，但還是算數。她欣然接受那五下懲罰，苦樂交加地扭動身子。

我們三人玩得氣喘如牛，不亦樂乎。我整個人倒在椅子上。穆瑞兒則癱在沙發上，倒在茱麗葉旁邊。兩姝玉體交纏，交織成一副撩人艷景。我坐著欣賞她們，但她們赤裸裸的屁股就這樣曝露在我眼前，實在令我心癢難耐，看見茱麗葉的右手悄悄滑至穆瑞兒雙腿之間，我實在忍不住了。我輕悄悄地站起來，從箱子裡拿出帶子。穆瑞兒閉上雙眼，茱麗葉半身趴在她身上，親吻著她，手指則忙個不停。我靠過去，趁她們一個不注意，偷偷將帶子伸到穆瑞兒身體底下，把兩人綁在一塊。

「妳們這兩個壞小孩。」我壓低嗓音，低沉地說：「我要好好教訓妳們。妳們現在可不是在南列中學。」接著樺條便打在茱麗葉豐滿的小屁股上。她又是踢又是扭，轉過身去想躲開棍子，穆瑞兒跟著轉身，小屁股因此來到我眼前。機伶如我馬上趁勝追擊，順勢打了過去。

「小心我的關節！」樺條一抽打在穆瑞兒雙腿間時，茱麗葉如此說。

「它們不應該在那兒的。」穆瑞兒的身子現在已經壓在茱麗葉上頭，挨下大部分的棍子。她也將手伸到茱麗葉背後，忙著解開帶子。

最後她終於成功將帶子解開，一躍而起，跑到箱子那兒去。「來吧，茱麗葉，咱們來好好跟他算這筆帳。」兩人拿起樺條，朝我進攻。我用我的武器阻擋她們，我們三人繞著房間互相追逐，卯足全力揮棍鞭打彼此。不過只有幾下成功打到對方，我們不停嘻笑追趕，終於玩得筋疲力盡，無力地癱倒在沙發上。接下來進行的是一場不那麼激烈、卻也相當費力的慾海爭戰，最後一如往常地在浴缸裡收尾。對了，順帶一提，這浴缸乃依照羅馬樣式建造而成，以白色大理石蓋起，還有階梯下探至四呎深左右的水。這原本是穆瑞兒的老公的嗜好，浴缸很大，可以同時容納三、四個人，不像今天一般用的浴缸，倒比較像土耳其浴的「冷水池」。這浴池唯一的缺點是需要花很長的時間放滿水，水溫總是不夠熱。不過，就像穆瑞兒老是掛在嘴邊的話一樣，閨房外已經打得夠火熱了，總要有個東西來平息慾火。

十一、祕密情人

「所以自從離開學校後，茱麗葉就一直跟妳在一起囉。」泡完澡後，趁茱麗葉去端茶時，我對穆瑞兒說。

「沒錯，就像我說的，她來我家跟我同住，和我妹妹一起讀書。我嫁給安東尼後，她也隨侍在旁，作為我的女伴和情人。不過安東尼倒未曾懷疑過，就算他起了疑心，我也不在乎。」

「可是她不是處女，卻沒結過婚，對不對？」

「唉！說來這可真是個悲劇，不過也有其有趣之處。你想聽聽嗎？」

「願聞其詳！」

「我家人的年紀差距很大。我只有一個大我十二歲的哥哥、一個小我六歲的妹妹。喬治在我離校時就結婚了，當時艾西還是個孩子，比茱麗葉還小。不過我有個表哥叫哈利，年紀比茱麗葉大，要說精確一點的話是大兩歲。在他十七歲左右時，有一次放假來我們家住。那時我已是個黃花大閨女，安東尼也對我展開追求，但尚未明確向我求婚。我和茱麗葉是情人，以前是，現在也是。我們並未同睡一房，但我兩臥房相鄰，自然大部分時間都在摟摟抱抱親熱。哈利顯然對我們的關係起了疑心，待會會提及，而且他十分性好漁色。不過他很聰明。我從來沒懷疑過他心有不軌，直到發現他幹的好事為止。我們相處起來怡然自得，很是愉快。我常常會故意挑逗他，看著他越發越不自在、雙腿不斷交叉、在椅子上扭怩不安，以此為樂。事發後，他告訴我儘管心癢難當，那時他仍不敢對我越軌出手。對他而言我太成熟，難以對付。但有一晚，當大家都就寢之後，他看見茱麗葉到我臥房去，便在門外偷聽。我倆的房間離母親的寢室很遠，由於沒人發現哈利已起了疑心，我們就不打算控制音量，放肆淫聲浪語。他站在門外竊聽，一切盡收耳底，我像你保證，很有可聽性呢。幸好當晚沒玩起鞭刑，否則結果就迥然不同了。不過你可以想像他所聽到的事，足以撥開他心中的疑雲了。無論如何，他告訴我，情事過於香豔，令他受不了，當場就在外頭的地墊上自慰起來，爾後因為擔心被人發現，便回到床上，翻來覆去，輾轉難眠。

「事後回想起來，我記得翌日哈利以前所未有的熱切目光、意味深長地看著我們，但當時我並不以為意。黃昏時，我們照常在花園裡玩起捉迷藏，誰被抓到，照規矩要以親吻作為懲罰。想當然他親我的時候更意味深遠，但僅止於此。然而，對於茱麗葉，他倒大膽許多。因為她告訴我他的手很不規矩，有一次抓到她時，甚至伸手探入她最隱密的部位。當然，那時她穿的內褲是密合的，因此他無法得逞。茱麗葉向我告狀的時候十分興奮，並未如我意料之中那樣很生他的氣。我怒火中燒，心生妒忌，威脅她如果再任他侵犯就會讓她嘗到鞭打的滋味。她答應不會讓這種事發生，但我決定等著瞧。

「那天晚上，由於我月經來潮，諸事不便，這是我們可憐的女性生來就要受的罪。因此茱麗葉知道來找我也沒好處。但因為她這麼隨便就讓哈利上下其手，對此我既憤怒又忌妒，無法入眠，決定去打茱麗葉一頓消氣。我倒不是想狠狠打她一頓，只是想教訓她一下，好洩心頭之恨，順便殺雞儆猴。因此我便下了床，從我的箱子裡拿出一根樺條。我總會在裡頭放上樺條，安全鎖上。接著我便前往茱麗葉的臥房。

「到了門口，我竟然聽到聲音，嚇得目瞪口呆。『喔，不要，哈利，你弄痛我了……不，不要……你不能進來，太大隻了……用你的手指……不……不……不，我會承受不住……你要把我撕成兩半了……喔……喔。』我衝進房間，開了燈。真是令我大開眼界。我看不到茱麗葉的人，只見她張得大開的雙腿高舉在半空中，雙腿之間則是哈利的屁股和光溜溜的腿，睡衣落在腳踝上，他正奮力上下扭動身子。他還來不及停下動作，我便衝上去，用盡力氣將樺條重重打在他動個不停的屁股上。

「『你這個混蛋！』我大喊：『給我下去，你好大膽子竟敢侵犯這個孩子！』他馬上跳下去躲開，我一眼瞥去，就知道自己來得太遲。茱麗葉的雙腿和小穴已被汩汩鮮血沾紅，顯然傷害已造成。他滿臉羞愧站在我面前，雄性漿液從他自負的棒子猛烈噴出，好險我還來得及阻止更甚的憾事發生。這當然是我頭一回目睹赤身洩洪的男人，自然十分性致高昂。我感到經血之外的液體將下體穿的衛生巾浸濕。但當下滿腔憤恨妒忌、怒火中燒的我並不太注意。我走到門邊，甩上門鎖起，然後轉向正彎身撿起睡衣的哈利。茱麗葉仍躺在床上，但已將臉別過去，雙手掩面啜泣著。

「『好了，你有什麼話好說？』他仍默不作聲。『明天一大早我理應要告訴母親，但那沒什麼好處。茱麗葉已經被你破了處子之身，雖然沒造成嚴重傷害。你要怎麼賠償？論及婚嫁也太荒唐了，你們兩人年紀都太小。你這個畜牲，你這個混帳。』我狂罵他：『你怎麼敢染指一個清白純真的女孩？』

「『也沒多清白多純真。』他插嘴說，『很抱歉我破了她的處女身。我怎麼都想不到她還是個處女。』

「『你這是什麼意思？』

「『昨晚我在妳房門外偷聽，聽到妳和茱麗葉在偷情，所以不要拿清白純真來壓我。還有，穆瑞兒小姐，要是妳跟伯母告狀，我就把妳們兩人的事說出去。』

「『我不知道你指的是什麼？』我說：『但不管怎樣，她不會相信你的。我們兩人都會矢口否認，對你沒什麼好處的。你會被趕回家，以我對你父親的了解，你會挨上這輩子最嚴厲的鞭刑。告訴你我的打算吧。我不想讓家醜外揚。如果你願意受我懲罰，並誠心保證不會再對茱麗葉出手——為什麼，如果我沒闖進門，搞不好你會把她的肚子搞大——等之後你適合結婚，她也不排斥的話，還得娶她為妻。這樣的話，我就不會向母親洩漏半句。要是你拒絕，我馬上就告訴母親。』

「『你要懲罰我？怎麼懲罰？』

「『用我自己的藤條。或許我沒有哈利叔叔那麼有力氣，但我會盡我所能。』

「『我才不怕妳呢。』他笑著說：『我可以任妳擺布，至於茱麗葉，兩件事我都答應。』

「『很好。』我回答：『過來這裡。』

「我領著他到牆上掛鉤處，要他抓住兩只掛鉤。我找出茱麗葉的褲襪，用盡全力把他兩隻手腕緊緊綁在掛鉤上。他的睡褲仍落在腳踝處，上衣被我往上拉至手肘，這樣一來他的屁股便一覽無疑了。

「『好了，』我說：『咱們來瞧瞧我的能耐。』然後我便用樺條在他兩片屁股上展開一連串攻擊。他堅忍地受罰，我則下手越來越狠。我下手更加刻意小心翼翼地選擇棍子的落點，最後有一兩下較有成效，打得他扭動一下身子，說：『嘿，這樣就夠了，穆瑞兒。』

「我笑笑，『夠了？我還沒開始呢。』我發現樺條已開始斷裂，環視四周，看見茱麗葉置於五斗櫃上的馬鞭。鞭子十分細緻精巧輕盈，但乃鯨鬚製成，外覆絲綢。我放下樺條，拿起鞭子。打在他屁股的第一下顯然出其不意，他痛得忍不住叫了一聲。『喂，妳用什麼打我？』

「他轉過身想一探究竟，此時另一鞭落在第一下打到的痛處上。『嘿，我說夠了。』

「『夠了？連一半都還不到呢。我要教訓你這個強暴犯。如果沒辦法彌補傷害，我就要讓你受苦，用你的血拭去茱麗葉的血。我打，我打，我打，我打。你是不是覺得早知如此，就乾脆讓你父親懲罰你？』他已不再試圖隱忍痛楚。『妳會把我打殘的，妳這壞女人。喔，喔，喔老天哪！』

「一抽鞭狠狠的打在他又甩又踢的雙腿之間，打中他的陰囊。他痛苦的哭叫聲振奮我的精神。我加倍抽鞭，他從又痛又怒大聲喊叫，轉為啜泣哀號。『穆瑞兒，拜託不要再打了，妳快把我打殘了。放開我吧。我發誓娶茱麗葉為妻。我再也不會碰她一根寒毛了，穆瑞兒，親愛的，看在上帝的份上。喔，我的老天爺啊，憐憫我吧，饒了我，饒了我，饒了我。』

「茱麗葉已稍稍鎮定下來，坐起身子觀賞這場戲，雖看得心驚膽跳，卻也十分興奮。她從來沒看過如此激烈的鞭刑，也一起為他求情。『喔，穆瑞兒，不要傷他傷得太重。妳看，他的屁股在流血了。』她來到我身邊，想勸我停手。我揮鞭打了她屁股一下。『妳不要給我插手，接下來就輪到妳了。我要教訓妳這個淫娃蕩婦。』她跑回床上，我則再度轉身對付哈利。我下手很重，想必已打了他五十來下，他可憐的屁股和大腿傷痕纍纍、皮開肉綻，幾滴鮮血從皮膚流淌而下。我心裡有點害怕，就把鞭子放一邊，再次拿起樺條。樺條所造成的效果跟我預期有點不同。挨這打一定很痛，但挨了幾下之後，哈利喊叫的語氣卻變了。每挨一下他就深深哀嚎大叫，但卻不再又踢又扭，反而將腰部前後擺動，就跟剛才我看見他在床上的動作一樣。我饒富興味，等著看他想做什麼好事。令人訝異的是，他的棒子似乎又勃起，他一面扭動身子，一面想上下甩動棒子，雙眼半睜半閉。經好奇心的驅使，我忍不住伸出左手將他的肉棒握住。『喔，親愛的。』他低喃著，動得更加激烈。濃稠的漿液再度從他體內噴出，他倚著牆癱軟下來，身子垂下，只有手腕支撐著。

「我吃了一驚，卻絲毫不覺惶恐，便將他的手腕解開。他倒在我身上，雙臂環繞我的脖子，一面啜泣一面稱我為他的女王。他跪倒在地，俯身親吻我的腳，情話綿綿，不斷向我致敬。如此卑微的態度完全澆息了我的怒火。我扶他起來。『這樣就可以了。』我說：『這件事就這樣算了。你可以上床睡覺了，好了，茱麗葉，換妳了。』

「『妳該不會要打茱麗葉吧？』

「『當然。』

「『不，萬萬不可。這全是我的錯。如果妳認為她該受罰，那就讓我代替她，再次受罰吧。她的苦由我來承擔，如果我可以的話。』他再度跪了下來，張開雙臂抱住我的腿，熱情無比地親吻我的腳。

「我這輩子第一次嘗到身為女性主宰那難以言喻的樂趣。我雖以征服茱麗葉為樂，但她只不過是個女孩，是我的屬下。但如今我面前竟有一名男子，或至少是一名男孩，臣服於我。我低頭看著卑躬屈膝的他，得意洋洋地傲視，因自己手中的權力而狂喜。『很好，那麼，茱麗葉可以暫時逃過一劫。你要代替她受罰受辱。把睡衣給我脫掉。』他照做。『在我面前跪下，然後求我饒恕，求我鞭打你。』他卑微地跪了下來。『原諒我，穆瑞兒。』他啜泣著。『繼續……求我懲罰你……求我賞你打。』『請鞭打我。』他結結巴巴地說。『打哪兒？』我堅持要他說出口。他抬頭望著我。『隨妳打哪兒都行。』『喔，那我是不是要打你的老二？』他的手本能地遮住他的私處，護著那敏感地帶。『喔，不，不要打那裡。』『那要打哪裡？打你的屁股嗎？』『對，打我的屁股。瞧，它已經準備好要挨妳的打了。』接著他向前彎，將屁股往外推，等著挨打。『那就親吻我的腳，乖乖不准亂動。』

「我高舉殘餘的樺條，一揮而下，在他兩片屁股之間打了六下，每挨一下他都緊抓住我的腿，狂熱地親吻我的腳。他的手狂亂地握住我的小腿，我停手後稍微扶他起來，他卻仍不放手，反而往上滑掀起我的睡衣。他站了起來，拉高睡衣，摟住我赤裸裸的身子。我們兩人熱吻了好一會兒。他仍痛得啜泣不已，嘴裡喃喃自語著含糊不清的愛語，恭敬地愛撫著我。

「『不要碰我那裡。』我突然說道，他的手從我腰間滑到雙腿間綁著衛生巾的地方。『我的女王，為什麼不行？妳全身上下每一處都令我崇拜。』『不，不可以，我不准你看到我這個樣子。』但勸阻無效，我無法令他停手。他的手飢渴地探進衛生巾內，深入我最私密的部位。他沒等太久。鞭打他的過程早令我興奮不已，再加上他對我的崇拜，不到一分鐘他的手就被我的愛液浸濕。我傾身向前，誠心深情地吻了他。

「『我原諒你，哈利，只要你謹記你答應過的事。』『我會銘記於心的。』他一面說，一面又親了我一下，然後轉向茱麗葉。『晚安，親愛的茱麗葉，請原諒我對妳如此無禮。不過只要時候到了，我一定會娶妳為妻。』兩人深情款款地擁吻，然後他便轉身離去。

「『不要忘了那個。』我指著他的睡衣說：『要是那睡衣早上被發現，人家會問東問西的。』他微微一笑，拾起睡衣穿上。

「法蘭絨褲一碰到他傷痕纍纍的肌膚，他便皺起眉頭，苦笑了一下，再次親了我們兩人，便離開上床就寢。

「這就是茱麗葉失去處子之身的來龍去脈，賽西爾。」

「那哈利呢？後來他怎麼了？他又沒有娶茱麗葉為妻。」

「是沒有，過了一年左右，他在泡澡時淹死了，可憐的男孩。我們好想念他。他天生就是個受虐狂。我從來沒遇過像他那樣的人。我的丈夫喜歡受人使喚，但那是因為他年歲已長，閱歷豐富，肉體歡愉對他而言已顯乏味，但哈利喜歡受我管教。遇見你的時候，我原本還希望你可以取代他的位置。」她輕輕嘆了一口氣。

「可惜情勢完全逆轉。」我笑了笑。

「沒錯！」她嘆息：「我從來沒料到自己會屈服、受制於任何男人，但你卻征服了我，賽西爾。我完全是你的人了，我的親親，我的國王。」

「本當如此。」

「我不知道。現在一切還順利，但之後就不知道了。我不是個受虐狂，我生來就是當虐待狂的料，我好想要找個人來臣服於我。當然我是有了茱麗葉，她完全是我的人，儘管那天她曾對我展開報復。可是我想要的是一個男人——一個男人——」

「咱們看看是否能幫妳物色到良奴。」我笑了笑：「當然條件是他不要妨礙我的特權。」

「我永遠屬於你，親愛的，不管多了誰都一樣。」

第二部

一、海濱假期

倫敦熾熱炎炎，離酷暑越來越近。英格蘭終於有了個名副其實的夏天。要不是為了穆瑞兒，我早已逃離這座燥熱炙悶的城鎮了。南莫爾頓街上的小宅裡，可享受到的樂趣實在誘惑太大，令人無法輕言捨棄。然而，某日我造訪此地時，穆瑞兒卻拿了一封信給我看，詢問我的意見。

信中內容如下：

親愛的穆瑞兒：

我和妻子想去環遊世界六個月到一年左右，但對安置兩個女兒一事有些棘手。她們一年中大部分的時間都待在學校，安全無疑，但令我們困擾的問題是，不知放假時該做何安排。可否請妳大發善心收留她們，至少今年夏天替我看顧兩人六個禮拜？恐怕這兩個女娃兒相當難搞。她們的學校紀律鬆散，不像妳在克里夫頓時那樣風紀嚴明。葛萊蒂絲認為她們的年紀已太大，無法用妳以前受過的舊時方式來管教。但我相信妳一定可以搞定她們。

要是妳願意照顧她們，我將全權交予妳處理，當然所有費用全由我支付。請看在兄妹情誼的份上，答應收留她們，好讓我們可以離開英國。學期不到兩個禮拜就結束了，時間不多。

妳摯愛的哥哥
喬治筆

「你意下如何？」穆瑞兒說。

「今年夏天妳有什麼打算？」

「我沒什麼主意。當然我有很多人可以一起共度夏日，不過女孩們聽起來頗為誘人，你不覺得嗎？『相當難搞』——全權交予我來處理！」

「她們會壞了我們的好事。如果她們在場，我就不能毫無顧忌地待在妳的住所了。她們年紀多大？」

「我猜十六到十九歲左右吧。不過你當然可以一起住下。如果你願意，就假裝是我丈夫的弟弟好了，或什麼人都行。我們要做的，是找個安靜宜人的小地方，找間鄉間小屋或平房，讓我們可以在那裡恣意妄為。英國所有的海水浴場我都不考慮。」

「我知道有個地方正好符合妳的需求，是一個座落於北德文郡，叫做克洛依德的小村莊，正位於伊爾弗樂科姆和克勞夫利之間。有一年夏天我在巴吉岩壁附近的伍拉科姆度假時，開車到克洛依德。那裡風景秀麗絕倫，海灘上就有兩棟小屋，兩百碼之內沒有其他房子。」

「聽起來的確很不錯，可是我們要怎麼知道小屋是否等待出租，要多久才能知道呢？」

「我馬上過去一探究竟。」

「去吧，這才是好孩子。那我來寫信告訴喬治，我願意替他接這燙手山芋。」

翌日，我便動身前往伍拉科姆，在莫特霍找到一名房屋仲介。我們極其幸運，小屋突然空了出來，我可以租上兩個月。因此，過了一個禮拜，穆瑞兒、茱麗葉和我便提著大包小包的行李——當然沒有遺忘皮箱——在莫特霍車站等候馬車來載我們和行李到克洛依德。

我們決定不帶上僕人，由海岸巡邏隊員的妻子來為我們張羅早餐和晚餐。其餘時間我們就自行處理，如此一來才能真正自由自在。

穆瑞兒寫了一封「誘導」的信給她哥哥，討論外甥女管教的問題。他的回信相當直接明白：

我交予妳全權管教葛萊蒂絲和艾瑟兒，依妳自己認為最適合的方式管教即可。以妳自己為例，我知道像華特夫人用的嚴厲教育最為有效。我的妻子並未受過類似的斯巴達訓練，因此吃了不少苦頭。但這兩個女孩有吾家之風，我想也較適合嚴加教導。

我們一起讀信，穆瑞兒的雙眼也閃閃發亮。我們滿心熱烈盼望女孩們的到來。她們的父母前往漢堡展開環球之旅，兩人替雙親送行後，在八月第一個禮拜來訪。

葛萊蒂絲豐腴白晰，正值蜜桃成熟時。她的乳房開始脹起，渾圓的臀部待完全長成後，將變得性感不可方物。艾瑟兒瘦小黝黑，坦率敏捷，像一般男孩子氣的女孩，以她的年齡看來倒頗為稚嫩。想到即將脫離父母掌控度過假期，兩人都十分興奮，深情款款地親吻她們的阿姨和茱麗葉，對於我則落落大方地打了招呼，不過葛萊蒂絲倒是看似向我拋了一個「媚眼」。

「好了，女孩們，」穆瑞兒說：「我們將會度過一段大好時光，妳們在這裡可以自在悠遊，不用上課、不用顧慮他人，只管盡情享受玩樂——游泳玩水、懶散度日、到處探險、整日划船遊覽。只有一件事要注意，那就是用餐時間必須準時出席，還有游泳時要小心，不能游太遠。」

「阿姨，我們現在可以去游泳嗎？」艾瑟兒滿心企盼地說。

「今晚不行，」穆瑞兒說：「時間太晚了，不過明天一大早吃早餐前，我們全都會去游泳。」

艾瑟兒露出悶悶不樂的神情。「喔，我現在就想游。」

「不行，等明天再游，親愛的。」

葛萊蒂絲瞥了她妹妹一眼。

「母親就會讓我們現在去游泳，」艾瑟兒堅持己見：「我現在就想游。」

「親愛的艾瑟兒，妳必須照我的話去做。不要第一天晚上就惹我生氣。來吧，咱們來玩牌。」

「我現在想游泳。」

「閉嘴，艾瑟兒，別傻了。」葛萊蒂絲說，但艾瑟兒仍繃著臉。

「艾瑟兒，」穆瑞兒說：「我最好現在就跟妳說清楚。妳必須照我的話去做，否則只會引起一頓爭吵。妳父親交予我全權管教妳們，全任憑我處置。現在，如果妳乖乖聽話，我們大家就可以開開心心一塊玩耍——平常我是不會如此嚴厲的——但要是妳不聽話，恐怕我就要當妳是個調皮的女孩來懲罰妳。好好的假期妳們可不想受罰吧。」

儘管穆瑞兒的語氣溫柔甜如蜜，望向我時她的雙眼卻閃過一絲期待，預告艾瑟兒小姐未來將不好受。

當下艾瑟兒便不再多說，我們玩牌玩到上床就寢為止。

翌日早晨，我很早便起床，穿上泳衣，叫醒其他人。過沒多久，她們就穿著防水外套，跑到沙灘在浪花中與我會合。穆瑞兒和茱麗葉的身材我再也熟悉不過了。葛萊蒂絲的模樣美麗絕倫，身上的衣服令她年輕苗條胴體的美妙曲線展露無遺。雖然從她瞥了我的那一眼看的出其實她並非對男女之事全然一無所知，但她舉手投足卻仍帶著清新的純真感，這令我十分不安，因為我身上穿的是緊身的大學運動服。另一方面，艾瑟兒則因掙脫了襯裙的束縛而欣喜不已。她的胸部尚未發育飽滿，但雙腿卻很美麗纖細，豐滿的小屁股撐著泳衣，模樣相當可愛。

「喔，阿姨！」她說：「我好想整天都穿著泳衣，比起那討厭的襯裙，泳衣舒服多了。」

穆瑞兒笑了笑。

「羞死人了！」葛萊蒂絲說，難為情地看著我。

「讓人家穿嘛，阿姨。」

「這樣，如果四下無人，早上在海邊倒是可以。」

我們在海中嘻鬧游泳，最後當大家正要上岸時，突來一陣大浪打到葛萊蒂絲，打得她不慎翻了身。她身上的泳衣全濕透，呈半透明狀，衣物緊貼玉體，讓我瞥見她若隱若現的私處。不僅如此，由於她在水裡掙扎著想抵住下層逆流重新站起來，泳衣最上方的鈕釦因此蹦開，上半身到腰際幾乎全袒露出來。

「喔，瞧葛萊蒂絲露出咪咪了。」艾瑟兒興高采烈地大叫。葛萊蒂絲心急如焚地遮住身體，瞥了我一眼，跑到放置防水衣物的地方，將一件套上，飛也似地逃回小屋去。不過她的動作不夠迅速，逃不過我銳利專注的目光。正如她妹妹所說，泳衣開了個大口，露出她含苞待放的小乳，既堅挺又豐滿圓潤。

儘管海水冰冷，我全身血液還是沸騰起來，老二不自覺勃起，撐得泳衣越來越緊。穆瑞兒轉向艾瑟兒：「妳說什麼？」

「葛萊蒂絲露出咪咪了！」她大笑。

「妳這個粗魯的女孩，好大膽子，竟敢口出穢言！」艾瑟兒還沒意會過來，穆瑞兒就用一隻手臂夾住她，將她臀部抬起，在那緊實的小屁股上打了好幾下，響聲清脆。

「看妳還敢不敢再說髒話。」比起覺得疼痛，艾瑟兒更感到訝異，她無疑對受到如此羞辱感到十分憤怒。她扭著身子擺脫穆瑞兒，惡狠狠地瞪了她一眼，跑到海灘上大喊：「葛萊蒂絲露出咪咪了。」

我望著穆瑞兒，「我一定要好好跟她算帳。」她對我說。「茱麗葉，等艾瑟兒穿好衣服，就把她帶過來我這裡。這算是頭一回，所以你最好不要插手管閒事。」

對此我當然不甚滿意，但心想最好還是照做較為明智，因此便回到我的房間，刮了鬍子，換上便服。梳理頭髮時，我聽到穆瑞兒對艾瑟兒訓話的聲音。說什麼聽不太清楚，但我聽到艾瑟兒說：「什麼！鞭打我！我這輩子從沒被人鞭打過！妳不能打，我告訴妳，妳不能打我。」接著傳出一陣掙扎的聲音，然後：「妳不能把我的內褲脫下來。葛萊蒂絲，救我，救我——」最後一聲驚叫之前，傳出的是掌摑的聲音。從那聲音聽起來，我猜穆瑞兒是用梳子背面打她。她繼續打，哭喊聲也持續不停，剛開始她語帶怒意，但過沒多久音調變得痛苦，到了最後竟啜泣起來。喔，我好想在場觀賞啊！我想像著那渾圓的小屁股，挨了打逐漸變得越來越粉紅。我在想像中看見梳子落下時那小屁股又縮又張、徒勞無功的掙扎、年輕肉體起伏扭動的模樣。穆瑞兒開始打得上手，清脆的響聲速度越來越快，喊叫聲和啜泣聲也隨之加快。我聽到穆瑞兒提高嗓音，蓋過艾瑟兒的啜泣聲。「讓我來教訓妳，看妳還敢不敢在紳士面前大談妳姐姐的咪咪！妳好大膽子，妳這個無禮的小騷貨！看妳還敢不敢再這麼粗魯！敢不敢？敢不敢？敢不敢？」

此時葛萊蒂絲也過來了，因為我聽到她說：「喔，阿姨！」

「艾瑟兒剛才當著潘德加斯先生的面，對妳十分無禮，我必須教訓她一頓。」

「是的，我知道，我聽到她說的話了。可是她年紀也不小了，這樣鞭打她好嗎？母親從未鞭打過我們。」

「這點我也已經從妳父親那裡得知。那就更糟了。不過妳不要搞錯，在學校時我到了十八九歲還挨過打。所以妳知道，如果妳不乖，就算以妳的年齡，也會挨打。」

我沒聽見葛萊蒂絲回話，心想該是我出馬的時候了。我跑下樓，走進房間，一副若無其事的樣子。穆瑞兒正泰然自若地坐著。看樣子她肯定曾讓艾瑟兒趴在膝上，因為她的裙子稍微掀起，露出膝下一截小腿來。葛萊蒂絲站在門內，一臉惶恐不安，艾瑟兒則轉過身雙手掩面，既憤怒又痛苦地啜泣著。

「哈囉！怎麼啦？」我裝作不知情地問道，一副不明就裡、什麼都沒聽見的模樣。

「艾瑟兒使壞，我必須懲罰她。」

「喔喔。」我說。

「沒錯，我已經好好教訓她一頓了，我想她會學乖。過來這裡，艾瑟兒，親吻我，向我道歉。」艾瑟兒動也不動。

「難不成妳要我當著潘德加斯先生面，再打妳一頓嗎？」

「喔，不，不要。」

「那就馬上過來，親我，向我道歉……這樣好多了。好了，把內褲穿上，咱們吃早餐吧。」

席間，艾瑟兒不敢望向我，但葛萊蒂絲卻一直用半驚恐的眼神偷瞄我、她阿姨，還有艾瑟兒。用餐氣氛很尷尬。用完餐後，穆瑞兒喚葛萊蒂絲過去說：「或許妳還是讀讀妳父親寫給我的信比較好，信中討論到妳們兩人。」於是她便將信件從文具盒中拿出。「這兒，妳看他說妳們兩人很難搞，我有全權管教妳們。我已經跟妳們說過，我在比妳們大的時候，還曾挨打，所以妳們如果不乖，會有何下場，妳們自己心裡有數。」她開玩笑地在她的屁股上打了一下，羞得葛萊蒂絲滿臉通紅，然後便在她唇上輕吻一下，放她走了。

早上我們又去游泳玩水。這天炙熱無比，於是一行人仍穿著泳衣，懶洋洋地在沙灘上閒晃。穆瑞兒刻意要讓艾瑟兒知道，受罰後她的罪狀便一筆勾銷，對她溫柔以待，逐漸突破她的心防，讓她不再害羞不自在。過了一會退潮後，穆瑞兒和茱麗葉、艾瑟兒三人便爬過低矮的岩石和水坑，去尋找螃蟹和魚兒。葛萊蒂絲和我則留下，兩人一塊躺在沙灘上。

我見她不時偷瞄我，便等她開口。終於她說：「賽西爾叔叔。」我們早商量好要她如此稱呼我。

「怎麼了？」我說。

「賽西爾叔叔，我想問你一件事。」

「什麼事？」

「阿姨說在她比我大的時候還曾挨打，是說真的嗎？」

「我相信是真的。」

「我不相信。要是我被鞭打，我一定會羞憤而死。今天早上我進來時看見阿姨在打艾瑟兒，我整個人簡直要沉到地板底下去了。」

「為什麼？」

「喔，叔叔，她就這樣衣不蔽體地趴在阿姨膝上，什麼都給人看光了。」

我微微一笑。

「喔，叔叔，她一定不會這麼對我吧？」

「我不認為她會要妳趴在她膝上，妳身材太大了。但我敢說如果妳不乖，就得因而受罰——那裡。」我輕輕拍了拍她的屁股，由於她側身趴著，我只能勉強碰到。她臉羞得火紅，翻過身去，胸臀美好的曲線展露無疑。她的泳衣仍是濕的，緊貼玉體曲線畢露，透出粉嫩的肌膚，還可看見她凹下的肚臍和鼓起小丘。她發現我正打量她全身上下，便套上防水外套。我慾火焚身，轉身面對她。「為什麼妳這麼害怕、這麼羞於挨打？」我的手臂環住她，將她一把拉近，她順勢靠過來，羞澀地看著我，眼中卻帶有挑逗的意味。

「我相信沒什麼好感到羞愧的，這裡有好多地方可以打呢。」我一面說，手一面撫摸她的屁股。

「喔，不要這樣，叔叔！」我的手移開，摸上她的大腿，最後摸到她的鼠蹊部，以及大腿間的凹處。她發出一聲嬌嗔，扭動一下身子靠向我。「喔，叔叔。」她低喃著，將頭靠在我的肩膀上。

我趕緊環視四周，見穆瑞兒和其他人都不在場，確認只有我們兩個孤男寡女獨處後，便將手探入她雙腿之間，隔著泳衣開始逗弄起她柔軟的小唇。她毫不抗拒，甚至還稍微張開大腿，彷彿知道會有什麼事發生，也殷殷切盼。她抬頭望向我，朱唇半張，我感到她整個身子因我的愛撫顫動歡愉，兩人熱情如火地擁吻。

「葛萊蒂絲，」我以半帶嚴肅的口吻說：「這不是第一次了吧！妳在學校是不是嘗過禁果，給我說實話，是不是？」我逼她看著我。

「是的。」她低聲說：「可是我只跟女孩玩，跟男人倒是第一回。喔，真是快活呢。」

「妳最好不要讓穆瑞兒發現這些事，否則妳的屁股就會遭殃了。」

「嗯，我猜她很貪心，想要將所有樂事占為己有。我知道。」我心想最好不要多說，尤其當我從岩石間看過去，已見到其他三人正走向我們。

「我們抓到了一條好有趣的魚。」艾瑟兒一面喊，一面跑向我們。我們坐起身來等著。穆瑞兒眼神銳利地盯著我倆瞧，於是我趕緊將她拉開，和她獨處。

「你在做什麼？」

「替妳打破沉默啊！」我回道。

「你最好不要打破其他東西。」她說：「我可不允許。如果她還是處女，那她離開我這兒時也得保持完璧之身。」

「沒事的。」我說：「我們只是聊到鞭打的事，她很害怕，但我認為她有可能會挨打。」

穆瑞兒雙眼閃爍。

「鞭打她會很快活，對不對？」

「沒錯，但我得在場才行，不要再像今天早上那樣逗弄我了。」

「可憐的孩子，慾求不滿嗎？真可惜。」說著她便笑著握住我的某個部位，大力地捏了一下。

「妳這個小惡魔，等今晚女孩上床後，我就跟妳好好算帳。」

二、海灘情挑

我們在中午用了正餐，好讓海巡隊員之妻泰斯克女士可以早點回去，用過餐後天氣炙熱難當。我穿著法蘭絨裝，穆瑞兒和茱麗葉穿的是輕薄的亞麻洋裝，看來薄杉下沒穿什麼襯衣。葛萊蒂絲則是一般女學生的裝扮，穿著嗶嘰裙和襯衫，艾瑟兒身穿荷蘭麻布小連身裙，繫上一條寬鬆的皮帶。「阿姨，今天下午我們要做什麼？」

「我要休息，天氣太熱了，不適合消耗體力，不過妳們兩個可以自由活動。」

「我們可以划船嗎？」

「當然可以。賽西爾，你最好跟她們一塊去，以免她們調皮胡鬧。還有記住，下午茶不准遲到。」她一面說，一面意味深長地看了我一眼。

「我可以把這些脫掉，換上泳裝嗎？」艾瑟兒說：「穿著這些衣服好熱。」

「不行，親愛的，今天不行。附近可能會有陌生人。」

「整個早上我們都沒看到人。那我用不著穿上襯裙吧？」

看我默許後，她便跑上樓，過了一兩分鐘，又下樓來。「這樣舒服多了，葛萊蒂絲、賽西爾叔叔，一起來吧。」於是我們動身出發。剛退潮不久，我們跑過濕滑的沙灘，艾瑟兒到處猛衝狂奔，奔跑時還露出裙下嫩腿的纖細曲線。我們都沒有穿襪子或褲襪，她雪白的雙腿在陽光下閃爍發亮。葛萊蒂絲和我則放慢步調，跟在後頭。

「快一點，懶骨頭！」抵達海邊的艾瑟兒大喊：「好舒服呢。」我將褲管捲至膝蓋，葛萊蒂絲則故作矜持地拉起裙子，緊緊地抓在大腿處。艾瑟兒卻大剌剌地未採取任何預防措施，舞動身子、蹦蹦跳跳，浪頭一打來便一躍跳起。她的裙子自然便時而飄起，露出雪白的大腿，但卻不見任何內褲的影子。最後，為了躲開一陣大浪，她把裙子掀得老高，我才驚覺她裙底竟什麼都沒穿。葛萊蒂絲顯然也注意到了，便大叫：「艾瑟兒，過來這裡，我要妳來。」

「什麼事？」

「我有話要跟妳說。」艾瑟兒過去她姐姐身邊，姐姐對她低聲說了幾句話。

「對啊，我把它脫掉了。」艾瑟兒興高采烈地大喊，我看見葛萊蒂絲雙頰羞得緋紅。

「妳這成何體統？我要告訴阿姨。」

「愛打小報告。」說完她又跑開。

「怎麼了？」雖然已猜到發生何事，我還是問道。

「艾瑟兒把襯裙內褲都脫掉了。她裙底什麼都沒穿。」她一面說，一面氣得脹紅了臉，彷彿有曝光危險的是她自己的赤身裸體。

「反正也沒人看到，而且妳自己身上也沒穿什麼衣服。」我伸出手撫摩她渾圓的屁股和腿部。

「至少我沒有亂露身子。」

「不過還是看得一清二楚。」我插嘴說。

「你很壞呢，賽西爾叔叔。」

我們走過低矮隆起的岩石堆後方，來到一個小海灣，看不見小屋，也不見出水口內陸。漲潮時，海水可高達峭壁，但現在剛好是退潮，一大片美麗的平滑沙灘在陽光下越來越乾燥炙燙。我撲倒在沙灘上，拿出煙斗。葛萊蒂絲在我身旁坐了下來，雙手緊緊抱住膝蓋。艾瑟兒仍到處蹦蹦跳跳地玩耍。我心滿意足地閉上雙眼，內心盤算著該如何向葛萊蒂絲提到我和穆瑞兒處心積慮計畫的事，而不讓她過度吃驚。我的思慮緩緩加速，卻不知如何開口。

附近忽然傳來一陣打鬧聲，我從白日夢中驚醒。「不可以，艾瑟兒，妳這頑皮鬼。」葛萊蒂絲說。我睜開雙眼，正好看見艾瑟兒從葛萊蒂絲背後抓住她的肩膀，將她往後拉。這一拉，自然她就跌了個四腳朝天。她只穿了一件薄薄的綿製燈籠內褲。她抓住艾瑟兒的腿，把她拉倒在她身上。好一會兒，兩人的身子和腿都亂成一團。艾瑟兒的連身裙飛得老高，腰際以下春光大洩。她開心地尖叫著，葛萊蒂絲則和她扭打起來，還一面搔她癢。兩人都無意，也不想刻意去遮蔽裸露的身體。艾瑟兒的腳又踢又甩，掙扎著想掙脫姐姐的魔掌。終於她趁機佔上風，露出豐滿的小屁股，令我看得沉醉入迷。我忍不住誘惑，張開手掌在那兩片屁股上打了一下，發出清脆的響聲。「誰打我？」她大叫，扭著身子推開葛萊蒂絲，向我撲過來。過沒多久，我們三人全糾纏在一塊踢鬧，亂成一團。我的手忙著到處游移，葛萊蒂絲和艾瑟兒被我鬧得又是大笑、又是尖叫，我在她們的腋下、肋骨、骨盆處搔癢，一有機會還伸到兩人雙腿間去。不過我下手謹慎，旁人看不出我是特別故意向那裡出手。她們聯手對付我這個共同的敵人。我們到處翻滾，扭打笑鬧。突然間我發現褲子最上方的鈕釦蹦開來。我並未繫上吊帶，已經料到接下來會發生何事。我的襯衫往上撩起，最後艾瑟兒看到我腰際露出一小塊三角形肌膚。她加倍手勁朝那裡展開攻勢，露出的空隙越來越大，她一面歡欣尖叫、手一面伸入寬鬆帆布襯衫底下，探索我的腰際。我沒打算叫她停手，反而將手探入她裙底，恣意撫摸，一邊用另一隻手，明目張膽地搔弄葛萊蒂絲的雙腿和小腹，她被我的身子半壓住。兩人興奮無比，玩得渾然忘我。最後，我的手指觸及艾瑟兒下體細窄的小穴縫，一把抓住，她忍不住咯咯大笑，身子亂扭。

「你好粗魯，你搔我那裡，我就搔你那裡。」她的小手很輕易便探到下方，摸到意想不到的傢伙。一握住我勃起的棒子，她就驚愕地倒抽一口氣。「喔，那是什麼玩意兒？」我扯開鈕扣，直挺挺的陽具一躍而出。

葛萊蒂絲在我靈巧手指的擺弄下，正進入欲仙欲死的境界。她聞聲抬頭見狀，羞得臉埋入我的肩頭。「看，葛萊蒂絲，妳看，是不是很好玩？」艾瑟兒一面說，一面把玩它，這刺激太大，我的老二控制不住，腫脹抽動，噴濺出漿液。

「嘔，好噁心的東西。」艾瑟兒說，將弄得溼答答的手拿開，「它在幹嘛？」

「妳這個小惡魔。」我裝作生氣的樣子說：「讓我來教訓妳一頓。」於是我讓她趴在膝上，掀起她的裙子，用手掌打她的屁股，力道不大，比較像在輕撫。她又笑又叫又扭，想把裙子拉下來。葛萊蒂絲坐了起來，想把她從我身旁拉走。我放開艾瑟兒，卻抓住葛萊蒂絲不放，想把她趴在膝上。我用靈巧的手指解開她的燈籠內褲，將其脫下，手掌快速地打在那柔軟渾圓的屁股上。「喔，叔叔！」她又羞又驚地尖叫，卻無意掙脫。她趴在我膝上，或過沒多久她便取代妹妹的位置。

者應該說大腿上，我那仍硬梆梆直挺挺的老二抵在她平滑的小腹上。她又扭又動，最後我的手被她熱情的愛液沾濕。

艾瑟兒站在那兒見狀大笑。「現在誰是粗魯的女孩啊？」她嘲弄道：「如果內褲會被人脫掉，那穿著幹什麼？沒人可以把我的內褲脫掉，因為我一件也沒穿。」早熟的她興奮地將裙子拉至腰際，手足舞蹈，露出赤裸的下半身來。

葛萊蒂絲站起來。「艾瑟兒，妳丟不丟人啊！」艾瑟兒奔向她姐姐，衝勁之猛又將葛萊蒂絲撲倒，我看到艾瑟兒的手直接伸入姐姐的衣服內，開始毛手毛腳，摸上她最隱密的私處。「喔，妳已經高潮了！」她的話令我十分訝異，因為我沒料到她竟然連這個也知道。

「我還沒有。讓我高潮。」

「艾瑟兒，安靜點，賽西爾叔叔在這裡。」

「才不要咧。」

「賽西爾叔叔，叫她閉嘴。打她，叫她起來。」

我樂於從命，越打手勁越大。

「夠了，很痛。」艾瑟兒說：「我不想一天挨打兩次。因為挨了阿姨的打，我的屁股還在痛呢。」她起身用兩隻手揉了揉她的小屁股，「真的很痛。」

「要是妳阿姨發現妳穿成這副德性出來玩，會更痛。」

「喔，一回家我就會趕在她發現之前跑上樓，把內褲穿上。呵呵。」她咯咯大笑：「我好想知道如果她發現我們這個下午幹的好事，會說什麼。」

「我想她會賞我們三人一頓打。」我說。

「你才不會挨打，她不會打你，你才不會乖乖就範。」

「那我可能就必須離開，然後她就會打妳們兩個。」

「那可不能讓她知道，是不是，葛萊蒂絲？絕不能讓賽西爾叔叔離開。」

「沒錯。」葛萊蒂絲說。兩人張開雙臂摟住我的脖子，親吻著我。我將兩人摟入懷中。

「來吧，女娃兒，」我對他們說：「天色越來越晚了，我們得回家喝茶了！」我穿上褲子，葛萊蒂絲則把內褲綁緊。

「等一下！」艾瑟兒說：「我想去一個地方。」語畢她跑到一顆矮岩後方，蹲了下來。我們聽到細流淌在岩石上的噓聲，還看到其延著傾斜的沙地流下。

「喔，她是不是很粗魯？」葛萊蒂絲羞紅了臉說。

「來吧。」我們趕緊在海灘上奔跑，艾瑟兒緊跟在後，追上了我們。浪潮已轉向，急湧而上，等我們到了分隔小海灣與克洛伊德的岩石堆後，就必須涉水而行了。我的身高要涉水而過簡直是輕而易舉。我可以輕輕鬆鬆踏著岩石前進，但這任務對葛萊蒂絲和艾瑟兒而言卻棘手多了。兩人皆將裙子拉到腰際，但葛萊蒂絲的內褲被水弄得很濕，艾瑟兒還滑了一跤，掙扎著爬起時，不小心將裙子放下，成了落湯雞。「這下可好了。」她匆匆忙忙地從水裡爬出。「我真倒楣。」她溼透的裙子緊貼著雙腿，明顯看出裙底下一絲不掛。葛萊蒂絲也注意到了。

「妳最好趕緊上樓換衣服。」她說：「趁阿姨還沒看到妳。她看得出來妳只有穿一件裙子。」

我們加緊腳步，希望可以逃過穆瑞兒銳利的目光，但她已在門前等候，一手還拿著手錶。「遲了十分鐘。」我們走過去時她說：「這可不行。我可不會擺著晚餐等人……為什麼，妳們在做什麼？……過來。」她對艾瑟兒說：「妳全身濕得像落湯雞一樣，馬上給我去換衣服。」溼透的裙子緊貼於身的艾瑟兒趕緊邁步離開，但穆瑞兒阻止了她。「等一下，不要動。」她把手放在她的屁股上，然後伸進裙底。「為什麼會這樣？妳的衣服哪去了？」

「我沒穿，阿姨。天氣實在太熱了。」

「什麼！」穆瑞兒說，裝作怒氣衝天的模樣。「妳這個既噁心又粗魯的小女孩。妳好大膽子，裙子底下什麼也沒穿就跟妳叔叔出去玩？葛萊蒂絲，妳怎麼敢讓她任性妄為？」

「我是下到海裡後才知道的，阿姨。」

「那妳為什麼不叫她回來？我會好好打她一頓，叫她穿好衣服。妳這樣就跟她一樣壞。我很訝異像妳這麼大的乖女孩竟然也會這樣。兩人都給我上樓去換衣服。我希望妳的衣衫不像妳妹妹那樣不整。」

「喔，沒有的事，阿姨。」

「過來這裡讓我瞧瞧。」她抓住葛萊蒂絲，不顧她的抗議便將她的裙子撩起。「嗯，算妳運氣好，不過妳的屁股還是逃不過一劫。」葛萊蒂絲欲言又止，然後兩個女孩便進了門。

穆瑞兒轉向我，目光熱切。「怎樣？」她問道，「一切進展順利極了。」我低聲對她一五一十道來，她則飢渴地聽著我說，「喔，我好想鞭打她們！」

「不能魯莽行事。」我說：「妳不應該知道這些事的。要是她們懷疑是我洩密，就不會信任我了。無論如何，絕不能讓她們起疑心，不能讓她們猜到我們是同謀。咱們應該這麼辦。今晚妳以艾瑟兒沒穿內褲出門的理由去鞭打她們。真可惜我不能在現場，不過我會在門外偷聽。等妳們全上床後，我就進去安慰她們。妳可以進來，看到我們，然後……」

「然後我就鞭打你們三人！」穆瑞兒急切地說。

「沒錯，我想我是逃不過了。」我微微一笑，「不過挨這一頓打倒挺值得。我已經欠妳一次了，妳知道的，所以過了今晚，咱們誰也不欠誰……注意了，當妳發現我們的時候，妳必須假裝要我馬上離開此地之類的，然後再大發慈悲給我選擇，若我願意挨打就可留下，懂嗎？」

「你說的對。」她回答：「要是你選擇挨打的話，希望老天保佑你的屁股。我得把握良機，將這幾天的帳都好好跟你算一算。我們去用茶吧，順便告訴茱麗葉。」

「第一次鞭打她們時，妳最好下手不要太重。」我說：「等到第二次再說。下手輕點。」

「這就交給我吧。」她回予微笑：「我不會把自己累垮的。你的屁股還等著我伺候呢，我要留點力氣才行。喔，今晚會十分快活！」

三、餘波盪漾

席間眾人幾近鴉雀無聲，氣氛十分緊繃。艾瑟兒一臉緊張，帶著挑釁的眼神，不停瞥向穆瑞兒，目光桀傲不馴。葛萊蒂絲看起來非常惶恐不安，時而怯生生地看看我，時而看看穆瑞兒，彷彿想從她阿姨眼中讀出她要怎麼處置自己。穆瑞兒從頭到尾都是一副漠然的模樣，看了十分逗趣。我知道她迫不及待想大顯身手，只要她對上我的目光，我便可看見她雙眼閃爍的光芒，但她一發現葛萊蒂絲在盯著她瞧，就馬上將之藏起。沉默所帶來的壓迫感越來越重，使得葛萊蒂絲坐立難安。她似乎胃口盡失，彷彿盤中食物哽住她的咽喉似的，臉色時而泛紅時而煞白。穆瑞兒見狀，便將食物硬推到她面前，但她搖搖頭，勉強說出：「我不吃，謝謝妳，阿姨。」

「吃嘛，別傻了，葛萊蒂絲。就算妳不乖，我也不想罰妳挨餓——這跟我的管教方法可相去甚遠呢。」她不懷好意地加上一句。這個暗示對那女孩來說，實在無法承受，她一聽便雙手掩面，大聲地啜泣起來。

「怎麼了，妳這個傻孩子。」穆瑞兒一面說，一面站了起來，手臂環住她。

「喔，阿姨，我好害怕。」

「沒什麼好怕的。」
「可是妳就要——就要——」
「就要怎樣？」
「就要鞭打我了。」她支支吾吾地說。
「我當然要打妳。妳這麼調皮，如果我不好好管教妳，那就是我失職了。不過妳應該不是怕挨打吧？妳都這麼大個人了。」
「我害怕的是丟人。我從來沒被鞭打過，聽起來好恐怖。」
「亂講，別傻了。妳再胡言亂語下去，我就火大了。我本來打算等到就寢時間再懲罰妳，不過或許我們還是儘早解決比較好。然後妳就可以上床睡覺，到了明天早上咱們就一筆勾銷了。賽西爾，用完茶的話，可以請你出去半個小時嗎？」
我立刻起身，向兩名女孩道了晚安。
艾瑟兒仍一臉倔強，卻默默不語，葛萊蒂絲則靠著我一會。我低聲說：「要勇敢，很快就過去了。」語畢便離開小屋，不過我並沒走遠。
我給穆瑞兒三分鐘左右做好準備，然後就偷偷摸摸爬到打開的窗戶邊。窗簾已拉下，因此我可以放心偷聽，而不會被人發現。無法一探究竟實在令人惱火，但我保證用不著多久便可大開眼界。穆瑞兒正開始向艾瑟兒訓話，可見茱麗葉已將箱子拿下來。
「好了，艾瑟兒，過來這裡，站在我面前。我為什麼要鞭打妳，妳自己心裡有數。因為妳不成體統，竟然敢裡頭什麼都不穿，就跟姐姐和叔叔出去玩。從妳回來時衣服溼透的程度，我想水深一定到妳的腰際，妳的裙子一定被海浪捲起，全部春光都外洩了。是不是這樣？」看樣子艾瑟兒並不打算回答。「葛萊蒂絲，是不是這樣？」

「是的，阿姨。」

「哼，顯然妳不知羞恥，毫不在意露出該小心遮掩的私處給別人看。那現在妳可以裝作忝不知恥的樣子了。把內褲脫掉，過來這裡……」

「我不要。」

「喔，妳不要？那妳會更慘。茱麗葉，把她的內褲脫掉，把人帶過來。」

一陣扭打聲傳來，我聽見艾瑟兒的聲音：「葛萊蒂絲，不要讓她們碰我，救救我。」

「如果妳敢出手，葛萊蒂絲，等輪到妳的時候，妳的下場會更加悽慘。」葛萊蒂絲顯然不願意做無謂的冒險，因為我立刻就聽見艾瑟兒大喊：「妳不能這樣，我不要挨打，我不要，我不要。」

「馬上給我把內褲脫掉！」穆瑞兒說：「把她的腿抓好……好了，艾瑟兒，抵抗也沒有用，妳越是掙扎，鞭打會越痛。很遺憾妳剛來這裡就要挨打，但我還是得教訓妳，教妳不得將這頑皮的小屁股露給紳士看。只有活該挨打的時候，才能露屁股。」從那拍打的聲響聽起來，穆瑞兒正用手打她。艾瑟兒默不作聲。穆瑞兒下手越來越快，看來不但打痛了艾瑟兒，也打痛了她自己，因為我聽見她說：「茱麗葉，把那根小藤條遞給我。」第一下抽下去，就打得艾瑟兒發出小聲尖叫。「哎呀，我就知道這樣比較有效果。好了，這個調皮的小女孩，我看妳還敢不敢——還敢不敢——還敢不敢再赤身裸體給妳叔叔看？敢不敢？敢不敢？我在問妳話，給我回答。」

「喔，阿姨，不要，不要打了。我受不了了，不要打了，不要打了。」

「把妳的手拿開，回答我。以後妳會不會乖乖守規矩？會不會？會不會？」

「喔，我會，我會，請停手吧。我會乖乖的，喔，不要再打我了，不要打，不要打了。」

「我要讓這個調皮的屁股知道被人看見的下場有多危險。我打，我打，我打。」

「喔，阿姨，我會乖的，喔，饒了我吧，阿姨，拜託妳。我會乖乖的。喔！喔！喔！」最後三聲尖叫隨著三抽力道特別重的鞭子落下而起，那三下顯然是她大發慈悲、登峰造極之作。

「好了，我想這次就這樣算了。我希望妳會因此學乖。站起來，把內褲穿上，然後上床睡覺去。跟我和茱麗葉道晚安。親我。這才乖，咱們把一切拋諸腦後吧。」我聽見艾瑟兒的啜泣聲，以及親吻的聲音。「現在妳會不會當個乖女孩？」

「會的，阿姨。」

「這才像話。晚安，親愛的。」我聽見門關上的聲音，腳步聲往樓上去。臥室的窗戶亮起一絲燈光。

我又聽見穆瑞兒的聲音。「好了，葛萊蒂絲，輪到妳了。妳已經見識過我是如何鞭打艾瑟兒來教訓她。雖然妳不像她那麼不乖，可是還是很調皮。妳為什麼不叫艾瑟兒回來換好衣服？妳的年紀已經夠大，應該要更懂事才是。如果我任由我妹妹像那樣對一位紳士裸露身體，我會感到很羞愧。妳有什麼話好說？」

「我很抱歉，阿姨，我沒好好想清楚。」

「的確是如此。那我得好好教妳如何深思熟慮……啊，就這麼辦吧。到那張沙發去，彎下身子，先把裙子撩起。」

「喔，阿姨，我不想撩起裙子。」

「我知道妳不想，不過妳還是得照做……掀高點……喔，我不知道妳穿著這些……脫掉。」

「喔，阿姨，我做不到，這樣太丟人了。讓我穿著燈籠內褲，隔著它挨打吧。」

「別傻了，葛萊蒂絲。茱麗葉，把那內褲脫掉。」

「喔，阿姨，求求妳，求求妳……」

看樣子她已撲倒在穆瑞兒腳邊，因為我聽見後者說：「馬上給我起來，不要這樣跪著，照著我的話去做，否則妳會惹得我更生氣。茱麗葉，扶她起來，讓她趴到那沙發上去。」啪！我聽到第一抽籐條打在那副緊實的肉體上。若說看艾瑟兒挨打令我興奮無比，此時我已慾火中燒，並咒罵自己為何這麼倒楣，無法在場看好戲。我在想像中馳騁，那小巧的屁股和大腿就赤裸裸地躍入眼前，那內褲褪到下方。就在快受不了的時候，我突然靈機一動，想到那張沙發就靠在窗戶正對面的牆上，如果我拉起窗簾，或將之推到一旁，就可以偷窺到無邊春色。空想不如馬上行動。籐條井然有序地一抽接著一抽落下。穆瑞兒反常地沒有一面打，一面對受害者訓話，我只聽見葛萊蒂絲的啜泣聲，還有她哭喊著求饒的聲音。我小心翼翼地將窗簾的邊緣從窗戶上拉開，看見好戲就在我眼前上演，內心欣喜若狂。可憐的葛萊蒂絲被茱麗葉壓住，如明月般迷人的屁股朝著我，上頭幾乎沒什麼傷痕，由此可見鞭打力道並不太大。屁股上雖浮現出幾條淡粉色的痕跡，不過穆瑞兒顯然將我們的對話謹記於心。然而鞭刑即將告一段落，揮鞭的速度也越來越快，葛萊蒂絲不停地哭喊著哀求：「喔，阿姨，放我一馬，放我一馬吧。饒了我，饒了我。喔，我受不了了，喔，阿姨，不要。」

「不准給我亂踢，否則更有得妳受的。還有最後五下──一、二、三、四、五……讓她起來吧，茱麗葉。」茱麗葉將手從葛萊蒂絲的背後移了開，但後者仍趴在原處啜泣著，傷痕累累的可憐屁股和雙腿抽搐著。

「妳可以起來了，親愛的，一切都過去了。把衣服穿上，親吻我，然後上床睡覺去。」

葛萊蒂絲從命照做，顫抖著手想把內褲穿上，但因為她啜泣得全身發抖，無法將之穿好。

「好了，親愛的，好了，都結束了，很抱歉我必須打妳，可是妳不會對我心懷怨恨的。我很確定，而且以後妳一定會感激我，我知道。來吧，我原諒妳的過錯了，親一下，我們和好如初吧。」她扶著顫抖不停的女孩的手臂，撫摸她。葛萊蒂絲張開雙臂環住她的脖子，將臉埋在她的肩頭。

「喔，阿姨，真是丟人，丟臉死了。雖然很痛，可是，喔，那羞恥！」

「傻小孩，要是賽西爾叔叔在場呢？」

「喔，千萬不要。」

「如果妳再調皮搗蛋，我知道要怎麼對付妳了。所以不要找任何藉口。好了，上床睡覺去吧，祝妳一夜好眠。我猜賽西爾叔叔在外頭已經等得不耐煩了。」

「喔，妳該不會認為他聽到了吧？」她趕緊望向門口和窗戶，神色倉皇，一臉驚恐，不過我及時放開窗簾。

「不會的，傻瓜。」穆瑞兒說：「趕快去睡覺吧。要不要我叫他去跟妳們說晚安？還是妳今晚不想見到他？」

「我想跟他道晚安，可是拜託不要開燈。」

「沒問題，寶貝，我會跟他說。趕快去睡吧。」我聽到兩人親吻了一陣子，然後過了一分鐘，前門打開，一道光照出來，穆瑞兒低聲說：「你可以進來了。」我不曉得她知道我離得這麼近，吃了一驚。我的神色一定很訝異，因為我進來時她說：「你這個壞蛋，我看到窗簾動了一下。進來吧，我想要你。」

四、啟蒙開竅

我渾身慾火中燒。「是不是大開眼界啊？」我一進到房間穆瑞兒就說，說完便倒入我懷中。

「我只看到葛萊蒂絲。艾瑟兒挨打的時候我還沒想到可以利用窗簾。或許這樣也好，搞不好葛萊蒂絲已經看到我了。」

「用不著放在心上。如果一切順利，我想下次就不用躲躲藏藏了。我有把握可以輕鬆搞定艾瑟兒，她已經開竅了，但葛萊蒂絲天生就比較矜持。就像你所聽到的，比起痛苦，她反而為羞恥而感到困擾。」

「今晚咱們再靜觀其變。」我說：「我要去跟她們道晚安。給我半個小時，然後妳就可以進來胡作非為了。」

「不過未免太早了，如果我們這麼早就上床，她們會覺得很奇怪。而且我們兩人都想要你，我相信你一定也想要我們。」她靈巧的手立刻摸上我已經蠢蠢欲動的肉棒。

「等一下，這倒讓我想起妳今天對我太過放肆，我說過要罰妳挨打的。過來，準備挨打吧。」

她噘著嘴板起臉，「唉呦，人家只不過小小放肆一下嘛，不至於要挨打吧。你想想我將給你享受的歡愉，我完全沒吃醋呢……我愛你，親愛的，今晚你要讓我打你好不好？……來吧，茱麗葉，作奴隸的要服侍主人了。」她開始寬衣解帶，茱麗葉也照做。我坐下來，得意地看著兩人脫衣服。等她們脫到剩下褲襪後，我便拿起一根樺條，命茱麗葉抓住穆瑞兒，然後動手鞭打穆瑞兒豐滿的屁股。我不想弄傷她，因此只用細枝搔弄她的臀部，任由細枝在她兩片屁股和雙腿間捲曲，時而給她來一下力道較狠的嘗嘗，打得她發出一聲嬌嘆。不過我並不打算打得她哭天喊地，否則女娃們會聽見。但棍子連續的刺激已讓她熱血沸騰，最後她終於忍不住，身子開始上下起伏，雙腿又開又縮。「再大力點，親愛的，大力點，就是這樣，打在雙腿之間，像這樣，打在人家屁股中間……大力點，就是這樣，這樣，這樣！」我按照她的指示進行，她看起來顯然很是享受。她掙脫茱麗葉的手，轉過身，解開我的褲子，掏出她垂涎的寶物，跪下來開始親吻吸吮它。

「茱麗葉，妳要不要也來頓鞭打？」

「你知道我想要的。我喜歡你打我，也讓我高潮吧！」

「那就趴到穆瑞兒的背上。穆瑞兒，四肢著地跪下。」

我坐在一張椅子上，好讓跪在我雙腿之間的穆瑞兒可以碰到我。茱麗葉趴在她赤裸的背上，臉朝向我的左手，這樣一來，她屁股的位置就剛好正對棍子。我小心翼翼、很是講究地不斷鞭打她，穆瑞兒的舌頭則忙著取悅我，最後茱麗葉和我都爆發開來，我全身因極樂而悸動不已，同時我也成功地讓茱麗葉達到高潮。為了確認她也達到極樂境界，我將手指放在籐條撫摸過的地方，摸到小穴微微收縮，她的愛液源源不絕地湧出。

「現在我要去清洗一下，然後我們就用晚餐。如果妳們不想，可以不用穿衣服。」我走向門口，轉開門把時聽到一陣輕輕的腳步聲，啪搭啪搭跑上樓。我正打算叫其他人過來，此時卻心生更好的主意。她們完全沒注意到，只顧忙著拾起衣服。我暗自決定要獨守這個祕密，便一句話也不說就上樓到自己的房間，清洗一番，然後再下樓，裝作若無其事的樣子。用了晚餐後，過沒多久我們就上床就寢。最後穆瑞兒交代我：「注意，千萬不可奪走任何人的處子之身。清白的身子是很神聖的。你想做什麼都隨便你，我給你半小時享樂。」

我回房脫下衣服，然後換上睡衣輕悄悄地走進女孩們的房間。我的房間其實是位於另一棟小屋，但在樓上樓下的共用隔牆上都打出了一扇「通行門」，因此兩間小屋其實是合而為一的。我將門打開。

「誰在那裡？」

「我可以進來嗎？穆瑞兒說妳們想要我跟妳們道晚安。」

「喔，當然可以，請進，賽西爾叔叔！」

我在床邊的一張椅子上坐了下來，一輪明月升起，月光灑進房內，使得裡頭沒那麼暗。我可以隱約看見床被下少女的臉龐。我俯身親吻那兩張柔軟的小臉。葛萊蒂絲的臉頰仍因淚流滿面而濕潤著，艾瑟兒的肌膚卻熱燙無比，她的雙眼在黑暗中閃爍發亮。「可憐的寶貝，是不是很可怕？」

「喔，叔叔，實在是太可怕了！」葛萊蒂絲一面說，一面張開雙臂抱住我。我摸了摸她，安慰了她一下，手悄悄滑入她的衣服底下，撫摸她仍火熱發燙的屁股。她並未反抗，只是挨得更過來依偎著我。「喂，那樣不公平！」艾瑟兒說：「妳一人佔住他了，葛萊蒂絲。賽西爾叔叔，到我們兩人中間來──你不會在意吧，葛萊蒂絲？我跟妳一樣，很想要他的慰藉，我挨得打比妳更嚴重。」

「是這樣的嗎？」

「沒錯，你看！」語畢她便跳下床，不顧葛萊蒂絲的低聲告誡，逕自點燃蠟燭，然後掀起睡衣，露出她被打得皮開肉綻、紅通通的小屁股。「葛萊蒂絲的傷痕還沒我的一半呢。」她姐姐還來不及出手阻止，她就把她的衣服拉下，露出她纖細稚嫩的胴體。葛萊蒂絲出言小小抗議了一下，就把臉埋在我的大腿上。我陶醉地欣賞那精巧的曲線。她體態十分優美，除了處女小丘上覆蓋著幾根絲綢般的細毛，其餘的肌膚皆光滑柔嫩、雪白發亮、完美無暇。雖然屁股上有幾處傷痕，但實無大礙。就我所知，穆瑞兒下手已經很克制了。我忍不住俯身親吻那兩片可愛的小屁股，那粉嫩的肌膚立刻泛起誘人的紅暈。

「喔，也吻我的吧，讓它痊癒。」艾瑟兒一面低語，一面把臉挨上我的大腿。我掀起她的小睡衣，恭敬不如從命。「親愛的賽西爾叔叔，過來躺在我們兩人中間，抱抱我們。」我照著她的話做，葛萊蒂絲也無異議。她們緊緊依偎著我，手臂圈住我的脖子，天真可愛地親吻我，吻得我透不過氣來。

艾瑟兒整個身子火熱發燙。她天生顯然比姐姐還要來的熱情。如此誘惑實在不是凡人血肉之軀可抵擋。我的手悄悄往下探，找到目標，右手是葛萊蒂絲小唇上的柔軟細毛，左手則是艾瑟兒光滑緊實的窄穴。葛萊蒂絲被我愛撫的反應頗為矜持，僅輕聲嬌嘆，除了張開大腿之外，沒有其他動作顯示她注意到我大膽的舉動。另一方面，艾瑟兒則抓我抓得更緊，張開大腿，把左腿放在我身上。她甚至還在我耳邊呢喃：「喔，我好喜歡你的手摸我那兒，努力讓我高潮吧，我從來沒高潮過呢。學校的女孩都沒辦法滿足我。請讓我見識你的厲害吧，叔叔。」我當然無法拒絕如此要求，葛萊蒂絲的嘆息聲越來越快，她柔軟的大腿緊張地縮緊，此時艾瑟兒突然說：「喔，要來了，感覺好奇怪喔……再用力點搔我，親愛的叔叔，喔……喔……啊。」她全身扭動抽搐，最後倒在我身上，我的手指則沾滿她初嘗情慾的濕滑愛液。

「喔，叔叔，叔叔，好美妙喔，好快活喔！」我熱情地親吻她好一會兒，然後牽起葛萊蒂絲的手，放進我的睡衣裡頭，摸到我要她碰到的部位時，她微微倒抽了一口氣，但還是溫柔地輕輕將之握住。

「叔叔！」艾瑟兒突然說：「我有事想問你。用晚餐前你在樓下做什麼？」

「喔，原來我聽到的是妳，是妳跑上樓對不對？」

「沒錯，我以為我聽到有人被鞭打，所以就偷偷下樓。葛萊蒂絲太害怕不敢下樓，但我很想知道，所以就偷跑下來，想透過鑰匙孔偷窺。」

「那妳看到了什麼？」

「什麼也沒看到，鎖上插著鑰匙，不過我很確定有人被鞭打，但聽起來不像藤條的聲音。那是什麼？」

「明天我再告訴妳。現在我得上床睡覺了，不然妳們的阿姨可會生氣。妳們也該睡了。妳們兩個小娃兒都來親我道晚安吧。」我將兩人摟入懷中，深情地擁吻。我們緊緊擁抱住彼此，此時門打開來，穆瑞兒和茱麗葉手裡拿著蠟燭出現在門口，這正是我滿心企盼的。

「這是在搞什麼鬼？」她一面說，一面將蠟燭放在五斗櫃上。

「我只是在道晚安罷了。」

「最好是！」她走到床邊，在女孩來不及出手阻止前——我當然不打算反抗——便把床被全掀開，我們三人赤裸裸的身子就這樣一覽無遺。葛萊蒂絲和艾瑟兒的睡衣被掀到手臂下方，我的睡褲則褪到大腿處。一聽到她阿姨的聲音，葛萊蒂絲就把臉埋在我的肩膀，靜默不語地趴著，全身顫抖。艾瑟兒經這一嚇，突然坐起，面朝穆瑞兒，既大膽又緊張地望著她。

「還是被妳抓包了，穆瑞兒。」我說。

「被我抓包！沒錯，我要跟你們好好算帳，你們三個都是。你對她們兩人做了什麼？如果你犯下無法挽回的錯，我就要你付出代價。」

「喔，沒有，沒造成什麼傷害。」

「我自己會檢查。轉過去，葛萊蒂絲。」她把女孩的雙腿拉開，假裝在檢查，對艾瑟兒也如法炮製。「嗯，看來你似乎有及時煞住車，但你還是圖謀不軌，舉止下流。茱麗葉，快把箱子給我拿過來。我得好好教訓這兩個女孩的屁股，叫她們不敢再亂來。至於你——」她轉向我，「我不知道要如何處置你。如果我把你當個男人來處置，我應該馬上把你掃地出門，但這樣可能會惹來流言蜚語，如果我把你當男孩處置……」

艾瑟兒插嘴說：「喔，千萬不要趕賽西爾叔叔走，阿姨。沒有了他，日子就糟透了。」

「要是妳不想讓屁股滿布傷痕，就給我安靜，小姐。」

「妳怎麼處置她們，就怎麼處置我吧。」我說：「我不會反抗的，而且妳自己也看到了，其實沒造成真正的傷害。」

穆瑞兒裝作躊躇不決的模樣。艾瑟兒低聲對我說：「可是阿姨要打我們耶。你的意思是，你要讓她打你嗎？」我點點頭。「喔，你人真好。如果你也挨打的話，我也不會這麼在意被鞭打了。」

此時茱麗葉已將箱子拿來。

「你們三個，全部給我下床。」穆瑞兒下令：「站到一邊去，背對著我。葛萊蒂絲，妳站第一個，賽西爾，再來是你，最後是妳，艾瑟兒，過來這裡。好了，給我彎下身去，到你們彎不下去為止。茱麗葉，把他們的睡衣給撩起來。」茱麗葉抓住葛萊蒂絲的睡衣時，我發現她全身發抖，她的手摸著抓住我的手，從頭到尾我都緊緊握住她的手。自從穆瑞兒進門後，她都不發一語。艾瑟兒不等茱麗葉動手，就自己把睡衣掀到腋下，向前彎下身。「阿姨，像這樣對不對？」她竟膽大包天地如此說。

「看來妳很急嘛！」穆瑞兒說：「等妳挨打後，到結束之前，就不會那麼急了。」

「反正該來的總是會來，該挨的打總是要挨的。」艾瑟兒一副頗有哲理的模樣說：「越快開始越好。哎唷！我不知道妳準備好了。」穆瑞兒用手重重地在她的屁股上打了一下，聲音響亮。

接著鞭刑三重奏便展開序幕。事後，穆瑞兒向我坦承那是她這輩子度過最快活的時光。首先她用梳子的背面開打，等到把我們的屁股打得通紅，她見狀滿意之後，再換樺條接手。第一抽打在葛萊蒂絲身上時，她叫了一聲——這是她首度出聲——抽搐著緊抓住我的手。艾瑟兒聞聲抬起頭，此時正好換我挨打。「喔，就這樣啊！」我聽見她如此自言自語。「喔！喔！」她的屁股首度遭受刺痛難當的細枝伺候，她忍不住放聲大喊，將身子扭來扭去，侷促不安，還想用手遮住屁股。

「茱麗葉，把艾瑟兒的手綁起來。不然這樣好了，賽西爾，你來抓住她的手。」

「最好不要反抗。」我低聲向艾瑟兒說。

「有你在這兒陪我，我才不在乎。」她低聲回道：「現在我明白了。天呀！真的很痛！」

「一、二、三。」我們奉上屁股，棍子有節奏地一一落在其上。當然對我而言，承受穆瑞兒鞭打的痛楚還不如其他人所受的一半，而且一想到有兩個跟我一樣光溜溜的年輕屁股隨侍在旁，實在令人想入非非，也點燃我的欲火。每次棍子一落下，葛萊蒂絲的手就激動地緊抓住我的手，她整個人因啜泣而顫抖著，但羞恥心似乎使她完全麻痺，她幾乎只是一動也不動地趴著，麻木地接受懲罰。另一方面，艾瑟兒卻動來動去，扭個不停，每挨一下打就大聲喊叫。她似乎不太受羞愧所困擾。

不過樺條被摧殘得快解體，穆瑞兒看起來也疲憊不堪。「要告一段落了。」她說：「給我站起來。」我們照著她的話去做。「茱麗葉，把艾瑟兒背起來，賽西爾，你背葛萊蒂絲。把她們的腿夾在你們的腋下夾好。」葛萊蒂絲的手臂緊緊環住我的脖子，整個人嚇得發抖，穆瑞兒把她的腿放到我的腋下。

「我們挨的棍子還不夠嗎？」艾瑟兒說：「我的屁股都皮開肉綻了。妳真殘忍，阿姨！」

「給我安靜。」穆瑞兒說。我本來以為接下來她要換籐條，或一根全新的樺條，但聽到打在葛萊蒂絲身上的第一下聲響，以及接下來落在我腰部的那一下，我才發覺原來她選擇的是打了繩結的鞭子。第一下正好打在葛萊蒂絲張得大開的雙腿之間。她嚇了一跳，痛得尖叫。「喔，阿姨，求求妳，不要打那裡……我會受不了的……喔，手下留情，手下留情啊！」她試圖掙開雙腿，但卻被我夾得緊緊的。

「唉唷，我早料到在打完妳之前，妳一定會開口說話。果不其然。」接著另一抽落下，打得她發出更淒厲的慘叫聲。「我猜鞭子的滋味沒有賽西爾叔叔的手指那麼好，但對妳有益無害……好了，艾瑟兒，妳覺得如何啊？」

她轉身對著妹妹，小小的鞭梢邪惡地捲進她細瘦的雙腿之間。「喔，妳這畜牲，妳這壞女人！」艾瑟兒尖叫：「喔，喔，喔，妳會把我殺死的，放開我。」她激烈地又扭又動，掙扎著將一隻腿從茱麗葉的手中掙脫，然後站穩——另一隻腳則仍被抓住——想避開鞭子的攻擊。

「小心了，穆瑞兒。」我低聲說。

「打別人那裡很不公平。」艾瑟兒啜泣著說：「妳自己也不會那裡挨打。喔！妳把我打得都流血了！」她用手壓住傷處，看著自己的手說。

「放開她，茱麗葉，讓我瞧瞧。」

「很抱歉。我不是故意要把妳打流血的，親愛的。血流得不多。茱麗葉，拿些藥膏過來，不要傷了這個可愛的小寶貝。乖，寶貝，乖乖，阿姨很抱歉，讓我幫妳療傷。」她把艾瑟兒放在膝上，撫摸那敏感的小縫。在她巧指擺弄下，女娃兒渾然忘我，接著突然張開雙臂摟住穆瑞兒的脖子，親吻她，我看著她扭動小屁股，緊縮大腿，緊緊夾住穆瑞兒的手。

「這樣有沒有好一點？」

「是──有，可是賽西爾叔叔就是這麼做的，妳卻為此鞭打我們，那妳自己也該挨打。」

「我跟叔叔不一樣，妳這個頑皮小鬼。」

「當然一樣，我知道……」

「妳在做什麼──誰告訴妳可以把手放到那兒的？」

當兩人欲拒還迎時，我帶著葛萊蒂絲到床上，溫柔地扶她躺下。她依偎著我，一面吻我，時而啜泣著。她已拉下睡衣，我則尊重她的意願，忍住不再毛手毛腳。我一聽到穆瑞兒說出最後那幾個字，就轉過頭去，正好看到艾瑟兒的手伸到穆瑞兒的浴衣底下。穆瑞兒對上我的目光。「真是個調皮的女孩。」她對我說：「該拿她怎麼辦呢？……艾瑟兒，艾瑟兒，不要。喔，妳這小惡魔，誰教妳做這種事的？」

「葛萊蒂絲和學校同學教我的。她們說我的手指比任何人都來得靈巧。是不是？」我看見她的手忙著擺動。穆瑞兒則被激得熱情如火，失了神。艾瑟兒正帶她重溫學生時代的美好時光。她雙眼半閉，翻起白眼，躺下去喘著氣。我則憋得很痛苦。我不敢對葛萊蒂絲出手，因為若一出手我就不知道該如何結束，畢竟我答應過穆瑞兒要尊重她的處子之身，我也打算信守承諾。情急之下，我牽起葛萊蒂絲的手，將之放在我脹得老大、蠢蠢欲動的棒子上，然後抓住她的手腕，上下擺動。她睜開眼睛，發現自己手中握著我的老二，對我甜甜一笑，然後掀起睡衣，可愛地羞紅了臉，將我的手從她手腕處拿開，放在她的小丘上，她的手卻繼續擺動，我感到極樂高潮將至。

此時茱麗葉卻回來了。「我找不到藥膏，穆瑞兒……」她開口說：「為什麼大家都在享樂！可是我要怎麼加入呢？」

「茱麗葉，」我一面喘氣一面說：「過來這裡，我有好料要賞給妳。趕快，趕快……」她奔向我，跪下來，剛好及時接住我壓積已久的熱情大軍。

五、討人厭的泳裝

翌日早晨，我很早就醒來，七點左右就起了床。太陽已爬上克洛伊德後方的山丘。我換上泳衣，套上晨袍後，就去叫其他人。我先到女孩們的房間，見到她們在彼此懷中熟睡著。葛萊蒂絲的睡衣敞開來，艾瑟兒黝黑的臉則依偎在姐姐的胸部上，看起來就像一副美麗的圖畫。我小心翼翼將床單拉下，看到兩人的手都放在對方的私處上。我俯身親吻她們。艾瑟兒睜開雙眼，一見是我，就跳下床撲到我懷裡。葛萊蒂絲則被驚醒，迷迷糊糊地說：「喔，不要再打我了，求求妳，阿姨！」然後她一見是我，便把睡衣拉下來，伸出雙臂抬頭對我嫣然一笑。「喔，是你啊，賽西爾叔叔，我好害怕……」她欲言又止，沒把話說完。

「到外頭游泳吧，今天天氣很好呢。」

「我好累，全身痠痛。」她喃喃地說。

「游泳對妳一定非常有幫助，趕快換上泳衣，我去叫其他人。」

葛萊蒂絲伸了個懶腰，打了呵欠，艾瑟兒則已經換上泳衣。

「喔，討厭，我的泳衣鈕扣都掉了，我本來打算昨天要縫的。」葛萊蒂絲說：「我忘了。」她想起自己忘記的原因，羞紅了臉。

「沒有關係，反正附近不會有人。」

「那不如咱們就啥也不穿好了。」艾瑟兒說：「裸泳好玩多了。賽西爾叔叔不會在意，我也不會對他有所顧忌。」

「妳們的阿姨會怎麼說？」

「喔老天！我猜她一定會以這作為藉口，又賞我們一頓打。有件關於她的事我想告訴你，賽西爾叔叔。她似乎很喜歡鞭打人。」

「我得去叫她了，妳可以等下再告訴我。」於是我便前往穆瑞兒的房間，看到她和茱麗葉，我以迅雷不及掩耳之速把床單拉下，打了兩人光溜溜的屁股。

「你這畜牲，賽西爾。」穆瑞兒一面說，一面坐了起來。

「來游泳吧。」我說。

「不要，我太累了。等吃完早餐我再去游。」

「女孩們都要去呢。」

「好吧，那你跟她們一塊去。九點用早餐。讓我和茱麗葉在被窩裡吧。」

我沒硬逼她同行，便回去跟其他人會合，她們穿著防水外套正等候我。葛萊蒂絲已用別針將泳衣別起，但固定得很鬆。「穆瑞兒和茱麗葉太累了，起不來。」

「萬歲！」艾瑟兒說：「我們一定會玩得很盡興，來吧。」語畢她便蹦蹦跳跳跑到海灘上。我們將防水外套放在浪潮沖不到的安全處後，就跳入碎浪中。葛萊蒂絲才划了一下水，別針就鬆開，泳衣便大敞開來。

「喔，天哪！」她一面說，一面望著我。

「把它脫掉，葛萊蒂絲，我也把我的脫掉。」艾瑟兒說：「賽西爾叔叔，你也會把你的脫掉，對不對？」

我猶豫了一下，要若無其事地在兩名天真無邪的女孩面前赤身裸體似乎是另一回事。要光著身子給她們看，還要顧忌我蓄勢待發的老二。但艾瑟兒已等不及，她從水中跳出，急急忙忙解開衣服，脫了下來。「好嘛，葛萊蒂絲，脫嘛，賽西爾叔叔，要公平。」

「我要脫掉嗎？」葛萊蒂絲說。

「附近沒有人會看到，沒有關係。」我抓住她的泳衣，將之脫了下來，然後自己也將身上的泳衣脫下，我們三人就這樣赤條條地佇立在晨光下。

「我實在很討厭穿衣服。」艾瑟兒說：「你也討厭吧，賽西爾叔叔？……喔，瞧，葛萊蒂絲，賽西爾叔叔的樣子跟昨晚不一樣呢。他全身脫得精光。」

我聽到她這麼說，無端感到很是彆扭，但下體卻脹得老大，顯然我的老二不是愛受人矚目，就是等不及想宣示自己的重要性。「喔，你看，越變越大了。喔，真好玩。」她靠近我，伸手碰它。

「艾瑟兒，丟死人了。」葛萊蒂絲說：「光天化日之下不要這樣，到水裡來，會被阿姨看到的。」

「喔老天！」艾瑟兒趕緊瞥了小屋一眼，語畢馬上又奔回海中。我們嘻鬧玩耍了一會，但由於早晨這個時間海水冰涼，無法在海中待太久，沒多久我們便跑回屋內，在用早餐前我便換好衣服，艾瑟兒也是。她下了樓，看見我在小屋前一張躺椅上抽菸，於是便跳到我膝上貼近我。

「游完泳有沒有好一點？」

「有，可是海水刺激我的屁股好痛。葛萊蒂絲在樓上擦藥膏……賽西爾叔叔，快跟我說昨晚晚餐前挨打的人是誰？我知道有人挨打，而且是被阿姨拿來打我們的那束細枝打的。」

「那叫做樺條。」我說。

「喔，原來是樺條啊？挨打的人是誰？是茱麗葉嗎？」

「是樺條沒錯，挨打的人是穆瑞兒。」

「竟然是阿姨！喔，那打她的人是誰？」

「是我。」

「喔，我真希望自己在場看好戲。可是為什麼？她甘願讓你打嗎？告訴我。」早熟的她淘氣地扭著身子。

「她不乖，所以我就打她，就像她打妳那樣。」

「喔……可是叔叔，她因為我們亂來而教訓我們——你知道的。但她卻對我做同樣的事，也任由我對她上下其手。而且她自己也很享受，這我很清楚。我認為這樣不公平。如果我們活該挨打，那她也應該挨打才是。」

「那就跟她說啊。」

「喔，我才不敢說呢！」

「要不要由我來告訴她妳的想法呢？」

「喔，不要，她一定會很生氣，然後……」她故作挑逗樣地揉了揉屁股。

此時葛萊蒂絲也下來了。我伸出手，她便走過來吻我。

「妳剛剛在擦藥膏啊！傷口是不是很痛？」

「你怎麼知道？是不是艾瑟兒……？妳這討厭的小鬼！」她羞紅了臉，模樣絕美，然後點了點頭。

「吃早餐了！」穆瑞兒的聲音傳了過來。她出現在門口。「早安，女孩們，今天早上還好吧？」艾瑟兒率直地跑向她，不過葛萊蒂絲仍羞澀地畏縮不前。

「過來，葛萊蒂絲，不要害羞。昨晚的事一筆勾消了。這樣才乖。」她將葛萊蒂絲擁入懷中，百般憐愛地吻她。

「妳不會對阿姨懷恨在心吧？」

「不會的，阿姨。」

「那就好。如果我沒弄錯，我們應該會對彼此更有好感的。」

我們動身去吃早餐。穆瑞兒神采飛揚，看來心情很好。女孩們則得費點功夫讓她們暢所欲言，尤其是葛萊蒂絲，不過等到用完飯，拘謹的氣氛就一掃而空，我們一行人便恢復成跟昨天一樣和樂融融。

「穆瑞兒，妳要晚一點再游泳是嗎？」我說。

「喔，對。大概十二點左右吧。這樣我才有胃口吃中餐。你們幾個要做什麼？去探險、還是要慵懶閒晃，然後跟我一起游泳？」

「喔，天氣實在太熱，沒辦法做太多事。」我說：「吶！女孩們妳們說呢？」

「我得把泳衣的釦子縫好。」葛萊蒂絲說：「別針很不牢靠。」她又加了一句，一面對我使了個淘氣的眼色。

「艾瑟兒，妳想整天穿著泳衣嗎？」穆瑞兒說：「四周似乎沒有人。」

「我可以嗎？」

「如果妳想的話，是可以。這樣妳想怎麼弄濕就可以怎麼弄。」

見穆瑞兒的心情這麼好，我決定向她提出一個建議，我心想這個主意一定很有趣。我俯身親吻她，「她們真是可愛的女孩，對不對？」

「是的，非常惹人憐愛——尤其是艾瑟兒——喔，她的手實在是太會取悅人了！喔，賽西爾，真是美妙的一晚啊！看到你們三人的屁股等著我鞭打。我現在仍可以看到呢——」她陶醉地閉上雙眼。「再來是艾瑟兒的手指。你知道她把四隻手指都伸到人家裡頭去嗎？那小寶貝。無論她犯了什麼錯，我都會原諒她——不成，我不能原諒，我一定要再打她的小屁屁——不過我下手不會太重。喔，她真是惹人憐愛啊。」

「沒錯，但她認為妳不公平。」

「嗄，何來不公平之說？」

「她說妳正是因為妳對她所做的事，還有妳讓她對妳做的事，才打我們三人，這頗有道理。而且她說妳自己也樂在其中，她很清楚。」

行。」

「那個小惡魔！」

「說的不對嗎？……我有個主意，讓她鞭打妳，告訴她妳的確該挨打，而且應該由她來執行。」

「什麼，要我讓那個小毛頭打！門兒都沒有。對你來說倒是件好事，不過我才不要奉上我的屁股給她打，謝謝你了。」

「好吧，隨妳便。反正只是個提議，我想會很有趣的。」

「對你來說或許很有趣。」

「妳不會因為艾瑟兒說了這些話，而生她的氣吧？」

「喔，才不會呢，我欣賞她的精神……這小惡魔，她與我都是英雌所見略同——任何惡行都來者不拒。但這並不代表我就要讓她鞭打我。」她一面說，一面走開。

「我跟妳賭一鎊。」我對自己說：「如果我默許的話，在我們離開這兒之前，她一定會鞭打妳。」

女孩奔下樓，拉著我一塊到海灘去。艾瑟兒得到穆瑞兒的許可，穿著泳衣，模樣看起來就像個稚嫩的小惡魔。葛萊蒂絲則穿著襯衫和裙子，但她私下對我坦承其實底下是穿著泳衣。

「比起馬甲和襯裙，」她告訴我：「這樣舒服多了。」

「藥膏有沒有效？」我問道，繼續先前因早餐而中斷的話題。她點點頭，雙頰泛紅。

「喔，叔叔，真的好可怕喔。在昨天之前我從沒挨過打。當阿姨進房發現我們同床的時候，我以為我會羞愧而死，而且她好殘忍。可是你知道嗎？就在快結束的時候，我趴在你背上，她用鞭子在我身上到處捲入捲出，感覺好奇妙喔。彷彿要發生什麼事似的——你知道的——就像我是在被你搔弄著。」

「呦，是這樣的喔，那有發生嗎？」

「那時候沒有，她太快停手了，然後你就扶我上床睡覺了。」

「然後呢？」

「然後你知道，有的……不過告訴我，如果當時阿姨繼續，會不會發生？」

「或許會。」

「喔！」

「為什麼這麼問，妳想讓它發生嗎？」

「想是想……可是我不想跟阿姨，而是……」她倒入我懷中，「我想要它在跟你一起的時候發生。」

我緊緊摟住她，手一面伸到她的大腿，想摸她的小穴。

「不是這樣，不要從後面，太痛了。」她張開雙腿，好讓我可以從前面碰到她。我們兩人在聊天的時候，艾瑟兒正忙著划水玩沙，但現在卻被她撞個正著。她跑向我們。

「喔，你這粗魯的傢伙，我要向阿姨告狀。」語畢她便動手拿涼鞋打她姐姐，我起身追她，抓住她後，將她翻了過去，然後把涼鞋從她手中搶走，毒打了她的小屁股一頓，雖然手勁不重，但也夠她受的了。她大聲尖叫，拳打腳踢，最後終於掙脫。

「你這個大惡霸！」逃到安全距離後，她一面大喊，一面揉著發疼的臀部。

我們就這樣度過整個早上，然後便看見穆瑞兒和茱麗葉來到海灘，準備游泳。我一躍而起，躲到岩石後方穿上泳衣。葛萊蒂絲則僅脫下襯衫和裙子，伺機而動。我們三人跳進浪花中，嘻笑耍鬧，玩著平常玩的遊戲，躲避浪頭，潛入浪花底下，圍成一圈蹦蹦跳跳，諸如此類。那天遠方的海面看似平靜，但席捲而來的浪頭卻有三四呎高，要是一個不小心，足以打得人跌跤。我提議大家來玩觸擊遊戲，沒多久興奮的尖叫聲此起彼落。我幸災樂禍地注意到，只要換艾瑟兒當「男人」，她就會鎖定穆瑞兒，有一兩次她用盡全力抓到她後，還大膽地越打越靠近她的臀部。穆瑞兒也欣然接受，再出手報復。有一次她在淺水處追艾瑟兒，一個浪頭打過來，將獵物撲倒。穆瑞兒一下子就壓在她身上，然後假裝要扶她起來，藉此趁機大力打了她兩三下。

「這樣不公平！」艾瑟兒大叫，扭著身子跑開。「只能打一下，對不對，賽西爾叔叔？」

「沒錯。」我說：「咱們去跟她算帳。來吧，葛萊蒂絲、茱麗葉。」然後我便領軍向穆瑞兒追了過去。她很入戲，左閃右躲，但我們的腳程太快，她跑不過，然後就被我們壓倒在柔軟的沙灘上。我們把握良機，又是搔她癢、又是打她。艾瑟兒費了一番功夫，在她豐滿的大腿上，重重打了兩三下，我們的受害者才向她求饒。

「夠了，」她氣喘吁吁地說：「好了，賽西爾，輪到你了。」

我立刻跳起，拔腿跑開，其他人則一面尖叫，一面追著我跑。我左閃右躲，加快速度奔跑，最後讓自己落入茱麗葉和葛萊蒂絲手中，兩人撲到我身上，激烈地打我。其他人追上來加入陣仗中，我翻過身去抵抗，但對方也不遑多讓，緊追不捨，穆瑞兒甚至大膽地攻擊我下體前方的突出物。我抓住她的手，把她拉下來到我身上，用力在她亂踢的腿上和屁股上打了幾下。

「賽西爾，你這惡魔，停手，不要在女孩面前這樣。」其他人看見穆瑞兒這個姿勢，都自動站了開來。

「繼續啊，賽西爾叔叔，賞她一頓。」艾瑟兒大喊，興奮得渾然忘我。

「不要沒大沒小的，小鬼頭。」我說：「否則妳會後悔的……茱麗葉，抓住她，教她要敬老尊賢。」艾瑟兒尖叫了一聲，飛也似地逃開，但她跑不過茱麗葉，一下子就被茱麗葉抓到膝上，巴掌迅速落下，打得她發出長長的尖叫聲。

我們四處追趕嘻鬧，玩得精疲力盡，每個人都準備休戰回去用中餐了。這天早上的娛樂還達到另一個成效，那就是我們全都不再端莊矜持——無論是故作矜持，還是真的端莊，從此之後，我們對彼此皆無任何保留或隱瞞，就連葛萊蒂絲也是。

六、蘋果派床

之後的一兩天一切風平浪靜。女孩們都表現得前所未見地乖巧，就連艾瑟兒也很聽話，似乎已摸清穆瑞兒的底限。她心情好不拘小節的時候，她們也恣意撒野，但若她看起來不容許有人胡鬧亂來，她們就會比較安靜節制。葛萊蒂絲已不再害羞矜持，而且顯然對我越來越有好感。我想這並不怎麼合穆瑞兒的意。我不只一次注意到她不帶善意的眼神，還好幾次似乎設下陷阱給葛萊蒂絲，好給自己理由懲罰她。但小姑娘還是避開了陷阱，她也一直都沒有機會下手——至少好一陣子都是如此。直到某日傍晚，天空陰沉，烏雲密布，雷聲隆隆，我們一群人都緊張不安，尤其是艾瑟兒，她十分焦躁煩悶。她以戲弄其他人為樂，但對穆瑞兒和我卻很節制，她很清楚要是玩得太過分，就有得她受了。她不斷騷擾茱麗葉和葛萊蒂絲，一刻也不得閒。最後葛萊蒂絲終於受不了，她想專心讀書，但艾瑟兒卻一直干擾她，所以她丟出一句「滾出去，妳這個小畜牲」，然後賞了她妹妹一個耳光。突如其來的這一下，打得艾瑟兒撞到壁爐圍欄上。她立刻站起來，向葛萊蒂絲衝去，接著是一陣扭打，混亂中還打壞了一張椅子。

穆瑞兒和我正坐在外頭抽煙，聽到吵鬧聲便過去，還好我們及時趕到，否則上頭放著點燃的油燈的桌子就會翻倒，整間屋子恐怕便遭祝融吞噬。

「這是怎麼一回事?」穆瑞兒問。

「葛萊蒂絲打我,我撞到壁爐。」艾瑟兒說。

「誰叫她鬧得我讀不下書。」

「妳們破壞家具,還差點把這裡燒掉,哪有什麼藉口好說。妳們兩個都給我上樓去換衣服,然後再下來找我。」葛萊蒂絲一言不發地上樓,艾瑟兒則先對她阿姨做了個鬼臉,才跟著上去。

「茱麗葉,去拿樺條來。賽西爾,我想這次你會待著欣賞對吧?」

「為什麼不讓我幫忙?」

「用不著,有我和茱麗葉就夠了,而且搞不好你會想鞭打葛萊蒂絲,她是我要教訓的。」

「喔!」我說:「為什麼?」

「不用去管為什麼。反正我就是想打她,這個理由就夠了。茱麗葉,女孩們準備好了嗎?妳去瞧瞧。」

於是茱麗葉便出去一探究竟,然後帶著兩個罪犯回來。兩人身上僅穿著睡衣。穆瑞兒擺出一副有條不紊的神情。「茱麗葉,把艾瑟兒帶走,重重賞她一頓打。葛萊蒂絲,把睡衣撩起,到沙發上彎下身子,像妳之前做的那樣。」

「可是阿姨……賽西爾叔叔。」

「他怎麼了?現在才在他面前覺得害羞未免有點來不及了吧。動作快一點,妳要是一直讓我等下去,就有妳好受的。」

那可憐的女孩開始撩起衣服，羞得滿臉通紅。「再撩高一點，撩到妳的腰際——這樣好多了——現在給我彎下去，彎低一點，再彎下去一點。就是這樣！」接著籐條就重重落在她兩片屁股上。

同時，茱麗葉也費了一番功夫，讓艾瑟兒趴到她膝上，用自己的腿夾住她的雙腿，左手臂則固定住她的頭。她用的是一根稍短的樺條，棍子斜斜地落在艾瑟兒雪白的肌膚上。艾瑟兒激烈地扭動身子，大聲尖叫，卻掙脫不了。

咻——咻——咻！棍子抽在可憐的葛萊蒂絲身上。「妳竟然敢對自己的妹妹發飆！」咻——咻！「妳是不是覺得賽西爾叔叔把妳捧在手掌心上疼妳，妳就自以為成了小情婦了。讓我來好好教訓妳一頓。」咻——咻——咻！

此時我才明白事態究竟。穆瑞兒吃醋了。雖然她假裝樂於看見一家人無拘無束、和樂融融的樣子，但看見我對葛萊蒂絲百般呵護，她也對我情有獨鍾，她其實就醋勁大發了。

葛萊蒂絲啜泣了起來，在棍棒的伺候下發出陣陣呻吟。

「沒錯，我敢說比起被我教訓，妳一定更想被妳的叔叔伺候。不過現在輪到我伺候妳了。換我了，換我了，換我了。」樺條猛烈地重擊抽下。葛萊蒂絲的哭喊聲越來越尖銳，幾乎要蓋過艾瑟兒的尖叫聲。我瞥向她，茱麗葉已好好讓她暖身起來，打得她屁股紅通通的。茱麗葉與我眼神交會，我示意要她停手。艾瑟兒從她膝上下來，兩手捂住熱燙的屁股，然後跳到一張椅子上，儘管淚流滿面，還是想照照鏡子看看自己成了哪副德性。

「真沒想到，妳下手也太狠了吧，茱麗葉。」她說：「不過我還是很慶幸懲罰我的人是妳而不是阿姨。喔，妳看看葛萊蒂絲的屁股。」

穆瑞兒仍毫不留情地拿著樺條抽打她的受害者，一面用左手壓住她。

葛萊蒂絲的哭喊聲讓人聽了不由得心生憐憫。穆瑞兒似乎打得渾然忘我，我認為該插手干預了。

「這樣就夠了，穆瑞兒。」我說。

「你給我安靜。」她回答，棍子又落了下來。

我向前一站，抓住她的手臂，「放開我！」她大叫，但我仍緊抓住她不放。

「葛萊蒂絲、艾瑟兒，給我上樓去。」我說：「上床睡覺去，晚點我會去跟妳們道晚安。」葛萊蒂絲起身，抽抽噎噎，腳步蹣跚地走出房間，艾瑟兒則跟在她身後，一臉驚恐不安。

等到她們都離開之後，我才放開穆瑞兒的手，將門甩上，然後轉身面向她。「好了，穆瑞兒，」我說：「妳這是什麼意思？妳好大的膽子，竟然敢失控發飆，如此殘忍無情地鞭打葛萊蒂絲！」

「我倒是很想殺了她。」她氣喘吁吁地嗚咽著說，因激動不已而渾身發抖。

「為什麼？」我一問完她就將積壓已久的不滿全盤吐出。我老是跟她形影不離，我比較愛葛萊蒂絲。她才不要委屈自己，讓一個毛頭小姑娘當大老婆。我這個人殘酷不仁，壞到骨子裡了，諸如此類的。

我仍保持冷靜。「好了，穆瑞兒，此事必須就此打住。妳完全沒必要吃醋，我也不允許妳吃醋。妳剛才說葛萊蒂絲成了小情婦，現在我要讓妳明白我才是主人。把妳的衣服脫掉，跪下來求我給妳應得的懲罰。」

「我才不要，我不要挨打。」

「哼，妳不要挨打是不是，咱們等著瞧。給我跪下。」她惡狠狠地瞪著我，氣得不停顫抖。我走向她，她舉起手臂想保護臉部，但我卻抓住她的肩膀，猛搖她的身子，直到她牙齒發顫咯咯作響，一頭秀髮凌亂披散為止。這種手法她顯然從未見識過，而且十分奏效。

「喔，放開我，我會照你的意思做。」

「給我跪下。」

她跪了下來。

「現在給我說，『請你原諒我，賽西爾，原諒我醋勁大發又發脾氣。我該受懲罰，請給我應得的懲罰。』」她逐字逐句跟著我說。

「好了，把衣服脫掉。」她手忙腳亂地脫起衣服來。「去幫她一把，茱麗葉。」有了茱麗葉的幫忙，沒多久她就脫得精光，赤裸裸地佇立原地，只穿著褲襪。

「去拿根樺條來給我，求我用它來打妳。」她照著做了。「好了，茱麗葉，用手臂將她固定住。」

「喔，賽西爾，親愛的，下手不要太重。」我的回答是重重在她的腰部抽了一下。她啜泣著扭動身子。棍子一抽接著一抽落下，我實在憤怒不已，因此不打算手下留情。過沒多久樺條便被打得殘破不堪。

「茱麗葉，去拿一條馬鞭來給我。」茱麗葉放開她，按我的指令行事。穆瑞兒跪倒在地上，緊抓住我的腿。

「喔，不要用馬鞭，賽西爾，求求你千萬不要用馬鞭。」

「要是我放妳一馬，妳保證會乖乖的，還會求葛萊蒂絲原諒妳嗎？」

「會的，喔，我會的。」

我向樓上喊。「茱麗葉，帶葛萊蒂絲下來。」

葛萊蒂絲一臉莫名惶恐地出現了。可憐的小姑娘，看來她一定是以為馬鞭是準備用來打她的。她一見穆瑞兒全身赤裸地跪在我腳邊，看得目瞪口呆。

「好了，穆瑞兒，」我說：「照妳答應過的去做。」她動也不動，她的自尊心不容許她轉身面對半個小時之前還是她手下受害者的人。我從茱麗葉手中接過馬鞭，在空中一揮。她抖了一下，但仍不動如山。我將鞭子斜斜打在她的屁股和大腿上。她一躍而起，衝到葛萊蒂絲面前，葛萊蒂絲嚇了一跳，往後一退。

「喔，葛萊蒂絲，不要再讓他打我了，不要讓他打我。」葛萊蒂絲滿臉困惑地望著我。

「我剛剛一直在打穆瑞兒，」我說：「因為她莫名奇妙地醋勁大發對妳發飆。我叫她求妳原諒。」

「沒錯，是我不對，全是我的錯，葛萊蒂絲。」穆瑞兒趴在女孩的腳邊啜泣著說：「我很抱歉，請原諒我，叫他不要再鞭打我了。」

看到這個高傲的女人卑躬屈膝地跪在一個小姑娘腳邊，實在令我龍心大悅。我盯著這幅場景定睛欣賞，大飽眼福，但葛萊蒂絲顯然覺得渾身不自在。

「親愛的阿姨，請起來吧，不要這樣向我跪著，我當然原諒妳了。我知道是我不乖，我敢說是我活該挨打，不過或許不該挨這麼重的打。但是妳用不著吃我的醋，我只不過是個小女孩，我相信賽西爾叔叔都很喜歡我們，而且毫無偏心。」她一面說，一面扶起較她年長的穆瑞兒，將她一把摟住。

「來吧！」她繼續說：「去找他吧——晚安，賽西爾叔叔——不，我在這兒跟你道晚安就好了——你扶穆瑞兒阿姨上床就寢吧。我想艾瑟兒一定在猜我發生什麼事了。」

見她如此機伶上道，我十分訝異。她扶著她的阿姨走向我，深情地給我們倆長長地一吻，然後就走出房門離開了。

穆瑞兒倒在我懷裡，我也照葛萊蒂絲的建議去做。事實上，整晚我都沒回自己的床上。

翌日，我沒像平常那樣一大早就醒來，經過昨日一番折騰，這也沒什麼好大驚小怪的。等我睜開雙眼時，旭日已經高高掛起，我看到穆瑞兒睡在我身旁，手臂環住我的脖子。

我一翻身她便睜開眼睛。

「你要起床了嗎？」

「對啊，過八點了。我得去叫女孩們起床，不然早上就沒得游泳了。」

「叫葛萊蒂絲來找我，我想要她……你用不著那副神情，我已經不吃醋了，我想告訴她這件事，讓她愛我。」

我走進女孩們的房間。艾瑟兒已醒了過來，但葛萊蒂絲仍在夢鄉中。

「我還在想你什麼時候會來呢。」艾瑟兒說：「昨晚睡得好不好啊？」她意味深長地說，我猜葛萊蒂絲一定暗示過她我昨晚在哪兒過夜。

「喔，睡得好極了。」我裝作若無其事的樣子回答：「為什麼這麼問？」

「喔，沒事。起床了，葛萊蒂絲，賽西爾叔叔來了。」語畢她便把被單拉下，朝她姐姐雙腿間搔癢。

葛萊蒂絲不耐煩地翻身，在半夢半醒間喃喃自語：「不，不要，我好累。」然後她睜開雙眼看到我。一見是我，她趕緊將睡衣拉下，想拉起被單。「喔，艾瑟兒，妳很粗魯耶。」

「妳阿姨要妳過去找她。」我說：「喔，妳用不著害怕，今天早上她沒事了。趕快去找她吧。艾瑟兒，咱們要不要去游個泳？」

「求之不得。」她立刻跳下床，沒等我離開就把睡衣脫掉，光溜溜地站著換穿泳衣。

「艾瑟兒！」葛萊蒂絲說：「我的臉都讓妳丟光了。」

「誰在意賽西爾叔叔呀？」艾瑟兒笑著說，我便回去自己的房間，葛萊蒂絲則去找穆瑞兒。

回房後，我故意把床弄亂，以免讓泰斯克女士發現我沒睡在上頭，此時我才明白為什麼愛瑟兒這麼急著想知道我睡得如何——躍入我眼前的是小女生最喜歡的惡作劇——蘋果派床[1]。我立刻奔回去找艾瑟兒算帳。「妳這小惡魔，現在我知道妳為什麼要特別問我昨晚睡得如何了。讓我來好好教妳怎麼做蘋果派床。」她泳衣正穿到一半。

「你剛剛才發現啊？」她笑著大喊，一面閃躲我的攻擊。「那麼你昨晚是跟誰一起睡啊？」

我抓住她，笑著將她扔到床上，把她身上的泳衣扯下來。她又是踢又是扭，我搔她全身，想讓她趴在我膝上，她癢得大聲尖叫。在一番掙扎之下，她春光外洩，我的手指也飢渴地刺探每個私處，目光也貪婪地緊跟著手指的動態。她用盡全力想反抗，就這樣你來我往間，我睡衣的腰帶不慎扯落，寬鬆的睡褲落到大腿處，她的手本能地握住探出頭來垂下的棒子。由於夜裡我才和穆瑞兒翻雲覆雨過，它顯得十分疲軟無力，但經艾瑟兒手指這麼一碰之後，它大受刺激，立刻重振雄風。

「好有趣的玩意喔！」艾瑟兒說。她的手指一逗弄我的棒子，我馬上停止搔她癢。「我第一次看到這玩意的時候，它又硬又挺，還很長，昨天玩水的時候，卻縮得幾乎不成形。現在它又變大了，可是卻軟趴趴的。在那個粗糙囊袋裡頭的那兩顆圓球又是什麼東西？……喔，又越來越大了，挺起來了……是因為我一直搓揉的關係嗎？」

「沒錯，親愛的，繼續上下搓揉它，把它緊緊握住……喔，不要握那麼緊……這樣好多了，把包皮褪下，再弄上來。」

「喔，叔叔，你看，它弄得我的手都濕漉漉的——你是不是想小便？」

「不，不用，繼續搓揉，速度快點，再快一點。」我的手在她雙腿間游移摸索。

「喔，好討厭的東西喔，它又吐在我身上了……弄得我的腿都是……喔，親愛的叔叔，我

1 為戲弄人而將被單疊緊，使人無法伸直腿的惡作劇。

要高潮了，我要高潮了。」

我們肩並肩坐在床上，在最後高潮來臨前，她的頭低下來，幾乎要靠到我的大腿上，因此自然而然地，最後的噴發就射在她臉上。但她整個人神魂顛倒，絲毫沒發覺。我輕輕將她的頭壓下，直到她的臉碰到我硬挺的小頭為止。她似乎憑直覺就明白我所渴望的事，逕自便張開小嘴，親吻吸吮已逐漸頹軟的肉棒。當她將我吸乾吮盡後，我抬起她的小臉，靠上去深情地吻上她的唇，沒注意到她濕潤的雙唇仍沾著我的精液。她緊靠著我一會兒，然後便坐起來，看著自己的大腿。「你看你，把人家弄得好髒。這黏乎乎的玩意是什麼——嘗起來的味道不是很好。喔你瞧，裡頭還有膠狀的東西。那是什麼？」

「是嬰兒。」

「喔，還真多呢！可是要怎麼生出嬰兒？我不懂。」

「是這樣的，要是我把這根東西放進妳那裡，然後像妳剛剛用手上下搓揉那樣，在妳裡面上下磨蹭，那玩意就會從我身體裡射出，跟妳高潮時分泌的體液混在一塊，接下來就可能會讓妳懷孕。」

「喔，我懂了，可是你永遠也沒辦法把那根東西放進這裡。」她張開雙腿，掰開小穴，將她那仍濕潤閃亮的精巧小陰唇露了出來。

「妳這個調皮的姑娘。」我說：「妳應該挨上一頓打。妳把我的床弄成蘋果派，我還沒跟妳算這筆帳呢。」

「你怎麼會現在才發現呢？你到哪兒去了？——喔，不要太大力！拜託——我知道了，你跟穆瑞兒阿姨在一起！——你可以再大力一點沒關係——她會懷上孩子嗎？」

「不要這麼好奇！我可以告訴妳，她不會懷孕的……來吧，咱們去游泳吧。」

「喔，最後那三下好痛。葛萊蒂絲到哪去了？她不一起來嗎？咱們去找她。」

我還來不及阻止她，她便跑出房間，我也急著想知道究竟發生了什麼事，因此便緊跟在後。我在她走到門口前就追上了她，門開著，於是我便跟她一起走進去。眼前奇觀真是令人大開眼界！兩人四肢交纏在一塊，乍看之下很難分出誰是誰。葛萊蒂絲可愛的頭正緊緊壓在穆瑞兒大腿之間，我看不到她埋起來的臉。她美麗的臀部露了出來，上頭可見昨晚懲罰後的痕跡，後頭我還可以看到穆瑞兒的前額和豐密秀麗的長髮。

「真是想不到！」我笑了笑：「妳們就是這樣重修舊好的？」

葛萊蒂絲一聽見我的聲音，猛然起身，掙脫穆瑞兒的懷抱，想把自己埋進床單裡。她羞得全身通紅，一陣紅暈染上她的肌膚。穆瑞兒則以心滿意足的眼神望向我。「你應該等一下的，賽西爾……唉唷！那是艾瑟兒嗎？妳就穿成這副德性來跟阿姨道早安啊？妳好大的膽子？過來這裡。」她把看得目瞪口呆的女孩拉了過去，裝作義正詞嚴地拍了拍她的屁股。「為什麼，這是怎麼回事？賽西爾，你該不會……」她的語調嚴肅了起來。

「喔，沒事的。」我趕緊消除她的疑慮：「只是東西濺出來而已。」

「是嗎？哼，你打斷了我們的好事，最好來幫我們結束。現在我可要來親吻這個小狐狸精。她可以親你。我猜她現在已經知道要怎麼做了。作為獎賞呢，你可以去親葛萊蒂絲——把衣服脫掉——然後她則可以繼續親我。好了，艾瑟兒，到床頭躺下，至於你，賽西爾，躺到那邊去。葛萊蒂絲，妳躺到床角那兒，妳碰的到我嗎？把腿再張開點，艾瑟兒。就是這樣，啊！」我們四人圍成了一個神奇的圈子，或說正方形也不為過，後果可想而知。不管如何，我們全將早餐拋諸腦後，當我們正進入極樂境界時，茱麗葉來到了門口。我正埋在葛萊蒂絲柔軟的大腿之間忙著，沒空搭理她。她又走了出去。我以為她不願干擾，早已離開，但出乎意料的是，過沒多久她又回來了，手藏在背後拿著某樣東西。

「真是人間美景哪！」她笑了笑：「不過大好時光可別浪費了。」語畢她便起出藏著的樺條，輕輕抽在艾瑟兒和葛萊蒂絲的大腿上。兩人嚇了一跳，一躍而起，然後跳下床，留下我和穆瑞兒一絲不掛地躺在床上。「你們兩個，真是羞死人了。」她繼續說：「給我起來，把衣服穿上。」接著她開玩笑地輕彈我大腿之間，順便撫摸穆瑞兒的三角地帶。

「我想我們最好，」穆瑞兒一面說一面坐起：「最好不要太過勞累。來吧，女孩們，把衣服穿上。十五分鐘後過來吃早餐。如果妳們乖乖聽話，改天再找時間來玩這遊戲。」

「好的，不過也得要有我的份。」茱麗葉說：「你們好卑鄙，這次居然沒讓我加入。」

之後幾天皆風平浪靜，穆瑞兒已不再吃醋，也暫時放下了鞭子。我也打算暫緩一陣子好養精蓄銳。我們在戶外悠閒懶散度日，時而到海邊戲水，有如此愜意的生活來調劑身心，過沒幾天我便恢復元氣，蓄勢待發。茱麗葉也等不及想加入她所謂的「圈子」，多了茱麗葉，這圈子便成了歐基里德口中的不規則五邊形。這一回交歡次序顛倒了過來，由我來品嘗艾瑟兒滑嫩玉體的香甜，而她姐姐則來撫摸我。穆瑞兒躺在葛萊蒂絲和茱麗葉中間，茱麗葉的身子則在艾瑟兒靈活巧妙的小舌逗弄下，不停扭動著。

我不知道我們交纏了多久，但想當然爾，在姑娘們感到疲累之前，我早就精疲力盡了。我一有這警覺，就開始在心中盤算構思新的花樣。我站起來，低聲要葛萊蒂絲暫時先去和她妹妹交歡，然後便離開這個豔會。我已決定接下來要玩的花招。我在梳妝台上拿起一根蠟燭，繞到床的另一邊，找到穆瑞兒柔軟的臀部，用手勢向茱麗葉示意，不准她出聲，忙碌的舌頭也不准停下，然後我將蠟燭輕輕插入她雙臀之間。穆瑞兒停下來，四處張望。

「那是什麼？……賽西爾，你這個惡魔！」

我將蠟燭推得更深入。「喔，喔……不，不要停下來，小心點就是，不要傷到我，唉唷！就是這樣……喔，好舒服！」我如此用蠟燭抽插，給了她極致的快感，她越來越狂野，激烈地想把葛萊蒂絲柔嫩的小穴吸入嘴裡，啜飲裡頭的蜜汁，猛烈吸吮的雙唇還發出了劇烈的聲響。她甚至還用上了牙齒，因為我聽見葛萊蒂絲嬌嘆一聲：「喔，阿姨，不要咬人家！」接著我看到她的手緊緊抓住艾瑟兒的小屁股揉捏，艾瑟兒則狂熱地吞噬茱麗葉。我看著這波激情浪潮在四個橫陳玉體間流竄，一面巧妙地推送蠟燭。最後穆瑞兒的頭從葛萊蒂絲身上移開，嘆道：「我不行了，我受不了了……賽西爾……茱麗葉，看在老天的份上，快停下來，不然我要被你們弄死了。」兩個女孩坐了起來，看著我們三人顛鸞倒鳳。艾瑟兒瞪大雙眼直盯著我逗弄穆瑞兒，看著她在最後高潮降臨時，胡亂地扭動身子。她的臉色發白，眼睛半睜半閉，急促地喘息，手指不由自主地張合，前額香汗淋漓。她的小腹起伏不定，小蠻腰前後擺動，大腿緊壓上茱麗葉的頭，然後又鬆開。最後她似乎用盡全力，整個身子僵直不動，過了一兩分鐘後，才虛脫倒下，仰頭躺著，一動也不動，整個人呆滯放空。

七、一日遊

某日一大早醒來，我們發現海面波濤洶湧。晚間吹起西南大風，巨大碎浪打上海灣，遠方四處可見滔滔白浪，蘭迪島看起來清晰無比，彷彿近在眼前。早上我們一如往常游了泳，或者應該說去玩水才對，因為浪太大，真要游泳起來也很困難。事實上由於游泳太費力，艾瑟兒早已經放棄。每次大浪席捲而來，就將她沖到海灘上，她得花上九牛二虎之力，身子才不至於被下層逆流又捲了回去。她四肢胡亂划動，一番掙扎令人既興奮又疲憊。最後一陣浪突如其來打在穆瑞兒的背上，她驚聲尖叫，死命逃到岸上。後來她告訴我，那巨浪打在身上的感覺就像馬鞭抽打那樣痛。的確在她肩膀上有一條紅色鞭痕，若用馬鞭抽打應該也會造成類似的傷痕。

「我在海邊玩膩了，」早餐席間她這麼說：「今天咱們去內陸玩吧。」

於是我們便準備好午餐盒，從當地村民那兒租了一匹小馬，還有那輛將我們從莫特霍載至此地的二輪馬車，然後便動身啟程。離開克洛伊德需費一段時間，小馬跑的並不快，因此我們輪流搭乘馬車，以免因無止盡的長途跋涉而疲憊不堪。途中到處可見黑莓果，以及成群的紅色花蝶振翅飛舞。

一遠離海邊，來到高坡度的德文郡小路上，無風吹襲，天氣就變得悶熱，雷聲隆隆。

「天哪！熱死人了！」爬上一段陡坡後，艾瑟兒喘著氣說：「真希望我不用穿衣服，衣服變得黏答答的。」她一面說一面扭動身子。「阿姨，我可不可以把一些衣服脫掉？附近又沒有人。」

「我想妳身上也沒幾件可脫的了。」穆瑞兒笑了笑：「目前在我看來，妳沒穿褲襪，也沒穿什麼別的。」

「我穿了內衣、內褲、襯衫，還有裙子。黏答答的是內褲，好緊喔。可不可以把它脫掉？」

「難不成妳已經忘了第一天下午的教訓了嗎？」

「喔，那是兩回事，那時我們還沒有那麼熟嘛。可是現在我們之間已經沒有祕密了，對不對，親愛的阿姨？」她跑到穆瑞兒身邊，一把摟住她。

「妳這古靈精怪的小鬼。」穆瑞兒微微一笑。「要是妳把它脫掉，記住就沒東西保護妳了。樹籬裡可是有不少細枝呢。」

「我願意冒這個險。」艾瑟兒興高采烈地大喊，一面將裙子撩高，完全不打算遮掩，便逕自解開內褲的釦子，將內褲脫了下來。「這樣舒服多了。」她一面大叫，一面將內褲扔到馬車上。「你就待在裡頭吧！喔，阿姨，沒穿內褲真的好舒服喔。有一陣微風吹上我的雙腿呢。」

「艾瑟兒，丟不丟人啊！」葛萊蒂絲說。

「又讓妳受驚了，羞羞臉小姐！」艾瑟兒大笑，奔向她姐姐，「可憐的孩子，她一輩子永遠也沒辦法不穿內褲對不對？」語畢她便繞著她姐姐跳起舞來，抓住她的裙子，佯裝要掀裙子。

「賽西爾，把那根細枝剪下來給我。」穆瑞兒說：「過來這裡。」她喚道。

「喔不，阿姨，這樣不公平，我沒有什麼意思……」但穆瑞兒還是抓住她，敏捷地讓她翻過身去，撩起她的裙子，狠狠地打了她光溜溜的屁股四下，才放開她。她打的力道並不是很大，比較像是給個警告，以宣示自己的權力。

「我告訴過妳了，沒什麼東西保護妳。」她大笑。

「幸好這條小路沒什麼人煙。」我說。

「要是這附近熱鬧點就會更有趣了。」穆瑞兒低聲對我說。

我們來到山丘頂上的一片草地，這塊私人土地上有一條路人有權通行的小路，一邊則是鐵軌線。從四周聳立著幾棵老橡樹看來，我猜這裡以前曾經屬於一座公園。我們一行人在其中一棵橡樹底下野餐，輕鬆自在地躺在地上舒展四肢。風被西方的樹林擋住，無法吹過來，只有陽光灑在我們身上。用完午餐後，我悠閒地抽菸打發時間，直到「一股睡意」席捲而來。我舒舒服服地躺著睡了好一陣子，沉浸於春色無邊的夢鄉中，但最後卻因為有隻蒼蠅一直搔弄我的臉而醒過來。我將它揮開好幾次，但它卻還是一直回來打擾我，最後不耐煩的我才睜開雙眼，看見那小騷女艾瑟兒正拿著一根草呵我癢。葛萊蒂絲和茱麗葉在一旁看戲笑鬧，穆瑞兒則在睡覺。我猛然跳起，拿起我一直帶在身邊的柳樹枝，直朝艾瑟兒追去。令人出乎意料之外，我一站起來，就發現褲子滑落腳邊，三個女孩見狀全都放聲大笑。我趕緊將褲子拉起穿好，打算待會再來好好審問她們，然後便去追艾瑟兒。那個小惡魔跑得跟野兔不相上下，我得用盡全力拔腿奔馳才追得上她。用盡全力的不只是我的腿，由於情急之下我只來得及扣上褲子第一個釦子，我那按耐不住想攪和的老二也跑了出來。

最後艾瑟兒被一叢雜草絆倒，跌了一跤。我以迅雷不及掩耳之速壓上她，一下子就把她的衣服撩起。她尖叫求饒，一面氣喘吁吁地笑著。

「妳這個小惡魔，」我一面說一面打她的屁股：「讓我來好好教訓妳，竟然敢吵醒我。看我怎樣搔妳癢。怎樣？享不享受啊？」

「喔，叔叔，不要，不要這樣。」

「妳竟然還敢把我的褲子解開？」

「不是我做的，真的不是我。是因為我發現你那玩意變得直挺挺的，然後告訴葛萊蒂絲和茱麗葉。然後她說讓它繃在裡頭太可惜了，你一定是在作夢，要是我們靜觀其變，就會看到有趣的事情。所以她才把你的褲子解開……喔，不要，叔叔，不要。我碰都沒碰你的褲子，我真的沒有做。去打茱麗葉，是她幹的好事，不是我。喔，我可憐的屁股。你下手還真重，會痛耶。」

我扔下她不管，回去找其他兩人算帳。我的樣子一定很嚇人，因為見我一靠近，她們就站了起來。我加緊腳步，她們不等我走近，就因內心罪惡感的驅使而拔腿就逃。我先去追葛萊蒂絲，輕而易舉便將她逮著。

「好了，小姑娘，」我說：「是誰解開我的褲子？」

「不是我，叔叔，真的。是茱麗葉。」

「可是妳就這樣任由她放肆，我站起來的時候還嘲笑我。妳就跟她一樣不乖。過來這裡，妳的內褲到哪去了？」我將手伸入她裙底，然後假裝以為她穿的是敞開的內褲，在她雙腿之間摸索開口處。

「喔，叔叔，不要摸那裡。」

我用左手臂夾住她的頭，撩起她的裙子，然後飛快地將她內褲兩邊的鈕扣解開，然後往下一拉。她的手立刻伸過來護住屁股，把內衣拉下。

「把手拿開，把內衣撩起來……撩高點……再撩高點……。這樣好多了。」

「喔，叔叔，不要在大庭廣眾下這樣。隨時可能會有人經過。喔，不要。如果你想要，等我們回到家再鞭打我吧，不要在這兒……喔！那裡有個男人！」

我轉頭過去看，又轉回去，將她放開。她像隻找尋掩蔽的野兔般跑了開來。附近沒看到半個人，於是我又向她追了過去。她僥倖逃了一會，又被我逮住。

「我可沒看到男人，他在哪兒？」

「我……不知道。喔，叔叔，放我一馬吧，求求你。」

「喔，沒有人是嗎？不管有沒有人，妳的下場都是一樣。好了，妳要我親自動手把妳的內褲脫下，還是要自己來？」她沒回話，因此我又將手伸入她裙底，找到鈕釦，這次將釦子全都解開。然後我要她趴下，用手臂壓住她，將內褲拉到她的腳踝，然後動手懲罰她。

「我要賞妳兩頓鞭刑，一頓是教訓妳嘲笑我，另一頓是為了逃走而對我撒謊。妳本來只需挨一頓打而已。我打——我打——我打。」我抱著她，小樹枝斜斜地打在她的腿上和大腿內側之間。挨了一兩下後，她開始求饒，那兩下顯然打中了最敏感的地帶。她的腿四處亂踢，想閃開木條，有幾次我還瞥見那純潔無瑕的小穴縫，以及剛萌生不久來遮蔽小穴的柔軟細毛。因為我並不是真心想打她，一見她的屁股出現傷痕後，便停手放她一馬。不過茱麗葉跑哪去了？我完全看不到她的人，草地上到處都不見她的蹤影。艾瑟兒正悶不吭聲地坐在草地上，裙子展開來──「為了讓燒灼的屁股冷卻下來。」這是她的說法。

「茱麗葉在哪兒？」我問。

「唷，」她咧嘴笑了笑：「你想知道嗎？」我以樹枝威脅她，「喔不，不要！不要……她跟阿姨跑到那裡去了。」她指著樹林說。

我向樹林走去，一面叫著茱麗葉的名字，卻不見兩人蹤影。「妳們兩個傢伙，給我出來。」我喊道：「穆瑞兒，要是妳企圖把茱麗葉藏起來，就有妳好看的。」還是無人回應，最後我放棄追捕，回到女孩們的身邊。

「你找不到她們嗎？」艾瑟兒說。

「喔，那不急，待會再說。」我回答：「咱們來煮水泡茶吧。妳的屁股怎樣了，艾瑟兒？冷卻下來了嗎？」

「是的，多虧了你，大惡霸！」

「葛萊蒂絲，那妳的屁股還好吧？讓我瞧瞧。」我轉向她坐的地方，將她身子翻過來，撩起她的裙子。她半推半就地依了我，我便好好地撫摸逗弄不久前原本打算染指的地方。她緊緊依偎著我。

「你對我真殘忍，叔叔，可是我還是好愛你。」我親吻她可人的嘴唇，我的小頭蠢蠢欲動，慫恿我拋棄一切顧忌勇往直上。

「嘿，這樣不公平。你顧著疼葛萊蒂絲，也得疼疼我。」艾瑟兒一面說，一面壓上來，跨坐在我大腿上。如此刺激實在太大，於是我受不了便將褲子解開，老二一躍而出，蓄勢待發。艾瑟兒抓住它，將赤裸的小腹貼上去，開始激烈地上下磨蹭。

過沒多久。「喔，放在這兒的感覺真舒服！」她大叫：「喔，噴的到處都是！還熱騰騰的呢。……可是這玩意應該要射進這裡對不對？把你的手拿開。」還沒等我會意過來，她便逕自將我的精液從小腹拭去，直接放進她飢渴的小穴裡磨蹭。

「葛萊蒂絲，分一些給妳。」她繼續磨蹭，也對姊姊做出同樣的事。「阿姨不應該把他占為己有獨享。」

我緊張了一下，但立刻就釋懷了，心想這樣不會鑄成什麼大錯。水壺裡的水滾了起來，我們也因此分心，同時聽到背後傳來一個聲音：「請問我們可以出來了嗎？」

我故意以若無其事的口吻說：「喔，當然可以。茶準備得差不多了，妳們倆剛到哪去了？」穆瑞兒和茱麗葉現身，後者看起來十分緊張。「好了，小娘子，」我說：「等回家就有得妳們瞧了。為什麼不回答我？妳們剛到哪去了？」

穆瑞兒笑了笑：「這個嘛，賽西爾，偶爾女士會離群隱世尋歡，尤其是在野餐的時候更是如此。反正你也忙著跟葛萊蒂絲打情罵俏，我們就把握良機囉。」

「很好，不過茱麗葉躲起來還有別的原因，而妳助了她一臂之力。妳可不會輕輕鬆鬆就脫罪。妳窩藏罪犯，她的罪妳也有份。待會再跟妳算帳，現在來喝茶！」

用完下午茶後，餐點所剩無幾。「好了，我想我們最好打道回府了。」穆瑞兒說。

「等一下！」我回答：「茱麗葉得先挨頓打，妳也是。」

「別傻了，賽西爾，時間太晚了……更何況，你不能在這兒打我們。」

「為什麼不行？我打了小姑娘們，妳自己也在小路上打了艾瑟兒。這次妳逃不了了，也不准給我躲起來。誰要先受罰？我想妳先來吧。女孩們可以抓住茱麗葉，不過妳太強壯，她們應付不來。來吧。」

「我才不要。我才不要在女孩們面前、在原野上挨打。而且我又沒做錯什麼事……別傻了，賽西爾，不然我要生氣了。」

「生氣！妳說這話是什麼意思！妳好大膽子，跟我說話竟敢如此放肆？馬上給我跪下，把裙子撩起來，除非妳想要我強行在這裡打妳，然後回家也好好修理妳一頓。葛萊蒂絲、艾瑟兒，看好茱麗葉，不要讓她逃跑。好了，穆瑞兒，妳要不要乖乖聽我的話？」她一句話也不說，動也不動，為了催促她回話，我便用鞭子在她單薄的裙子上抽了一下，她靠過來想搶走我手中的鞭子，我們兩人你爭我奪，過沒多久我還是成功地將她的裙子掀到腰際，露出她的內褲和內衣。我逼迫她彎下身子，用手臂夾住她的頭，此時遠處傳來一輛火車駛過的聲音。

「賽西爾，」穆瑞兒喘著氣說：「有火車開過來了，讓我起來。」

「這樣會更有趣。」我低聲說。火車越來越近，扭打掙扎時鞭子掉了下來，我打算赤手空拳修理她。我已將她緊緊用手臂夾住，也已將她的內衣撩起、內褲解開，將她的屁股和私處曝露在外，並刻意將她的身子轉向鐵路，等待火車駛近時用手打她的屁股。

那是一輛來自伊爾弗樂科姆的遊覽列車，車廂很長，乘客滿座。列車緩緩駛上斜坡。火車上一定有兩三百人，每扇車窗看上去都是乘客的臉。顯然乘客都看到我們了，我清楚地聽到乘客們用力喧騰的歡呼聲，手帕彷彿變魔術般飛出。當然火車一下子就駛過了，但我知道至少有兩百名陌生人親眼目睹穆瑞兒光溜溜的屁股在我的掌心下紅腫起來，這令我欣喜若狂，一股難以言喻的衝動突然湧上來，朝著她奉上來的屁股狠狠地打了好幾下，她啜泣著哀求我放她一馬。

「我會羞愧而死的。」她不斷如此說著，等到我認為修理夠了才放開她。她一言不發，悄悄地走開，沒看任何人一眼，獨自走到樹下撲倒在地，抽抽噎噎地啜泣起來，整個身子劇烈起伏著。

我任由她去，然後轉向茱麗葉。火車這段插曲讓其他人看得目瞪口呆。「好了，茱麗葉，」我說，她默不作聲地站起來，蹣跚地走向我，「妳是要反抗還是……？」

「喔，看在老天爺的份上，趕緊速戰速決吧。」她並未口出怨言，反倒悶不吭聲地逆來順受。我拿起鞭子，解開她的內褲，重重打了她一頓。鞭子落下時她的屁股和大腿縮了縮，她沒有叫出聲來，只在結束時默默地哭泣。

我過去探望穆瑞兒，她仍躺在原處，我碰了碰她的肩膀。被我這麼一碰，她就顫抖起來。

「走開，不要理我……我再也沒有臉見人了……我怎麼知道有誰在那輛火車上？」

「別傻了。他們只有看到妳的屁股，不可能憑這樣就認出是妳！」

「可是女孩們！她們看到……喔……喔……真是丟臉。」我招手要葛萊蒂絲和艾瑟兒過來，低聲要她們去安慰她們的阿姨。

「去好好安慰她一下。」我故意如此對葛萊蒂絲說，然後轉身去幫忙茱麗葉把東西放上馬車。我聽見其他人喃喃低語，還有親吻的聲音，還從眼角瞥見艾瑟兒的手消失在她阿姨的裙底，葛萊蒂絲則跪下來摟住穆瑞兒的脖子。這天下午的風流軼事勾得我性致勃勃，雖然我已經發洩過一次了，我的老二還是蠢蠢欲動，等不及想衝鋒陷陣一番。我把茱麗葉拉到馬車另一邊，二話不說馬上滿足小頭的慾望，連前戲也省了。

「終究還是讓我嘗到甜頭了。」茱麗葉一面說，一面擦拭嘴唇：「不過你真是個壞小子。賽西爾，你可得好好補償穆瑞兒！」

「這樣對她也好，免得她太過放肆，不受控制。我敢說小姑娘一定已經讓她冷靜下來了。」

回程途中穆瑞兒很明顯地感到身體不適，接近燈火通明的村莊時，她還是撐起身子低聲向我說：「你真的太壞了，賽西爾。」

「可是妳說得沒錯，」我回答：「這樣有趣多了。」

八、陰雨綿綿

起了西南大風，蘭迪島清晰可見，果真是暴風雨的前兆。晚間便開始下起雨來，我醒來看見雨水打在沙灘上，眼前一片霧濛濛。浪花不斷發出怒吼，令人心驚膽跳。放眼望去可見五座白浪長脊，最遠可達外海，後方則是波濤萬頃的灰海，四處點綴著滔滔白浪。蘭迪島已不見蹤影。偶爾海霧飄來時，甚至連巴吉岩壁也不得一見。

戲水看來是無法成行了，就連是否出門，內心也得經過一番掙扎。偶爾雨勢趨緩時，我們之中有人會冒著風雨交加的危險出去探險，但總是沒多久便敗興而歸，淋成了落湯雞，準備換上乾衣服到爐火旁取暖，幸好廚房的爐火燒得火旺明亮。

一群人在陰雨綿綿的天氣裡窩在小屋內廝混。我們各種遊戲都玩過，也玩膩了，眾人耐性也深受考驗。最受大夥兒歡迎的遊戲是在屋內玩捉迷藏，我們玩了好一陣子。茱麗葉找人找了好久卻毫無斬獲，最後卻發現穆瑞兒和葛萊蒂絲親暱地躲在一塊，遊戲才告一段落。自從那天在火車經過時大受屈辱後，穆瑞兒似乎纏上了葛萊蒂絲。我不知道她這麼做是為了報復我，還是因為她覺得眾人之中就屬葛萊蒂絲最能理解她春光外洩所受的深深羞辱。無論如何，她顯然把無微不至的關注全放在她身上了。

茱麗葉一發現兩人躲在床底下相互依偎，並未大聲張揚，反倒是悄悄離開把我找了過來。

「你怎麼看？」她問。

「不知廉恥！」我一面說，一面裝出道貌岸然的模樣（其實我自己也正跟艾瑟兒親熱，不過沒人發現，因此我有資格說教）。「我很震驚。看樣子我們連正經玩個遊戲也不行，她們竟然趁機放肆亂來。這成何體統，非得教訓不可。穆瑞兒、葛萊蒂絲，馬上給我出來。葛萊蒂絲，把妳的內褲穿上，妳真令我作噁。茱麗葉，把籐條給我拿來。」

穆瑞兒站了起來。「別傻了，賽西爾。你自己很清楚你也想跟我們一塊廝混，只因為沒你的份，你才會如此口出惡言。我看得出來，你很想『要』我們，你生氣只因為欲求不滿，才看我們不順眼。」

「妳這麼沒大沒小，出言不遜，得為此付出代價。謝謝妳，茱麗葉。」她將藤條拿來。「好了，妳們兩個。首先，都給我跪下，向我身上被穆瑞兒污衊的那個部位道歉，然後好好愛慕它親吻它。接著妳們就會嘗到偷情的懲罰。過來，葛萊蒂絲，給我跪下。茱麗葉，帶艾瑟兒過來，這樣她也會學到教訓。」

葛萊蒂絲溫馴地跪了下來，深情款款地抬頭凝視著我。我解開褲子露出老二。穆瑞兒的確所言不假，它看起來已經蓄勢待發。

「親吻它。」葛萊蒂絲照做，我感覺到她柔軟的雙唇溫柔地撫弄我敏感的龜頭。經她這麼一碰，簡直天雷勾動地火。我的棒子脹得老大，明顯又腫又硬。我不敢讓她繼續，便轉向穆瑞兒。「好了，穆瑞兒，輪到妳了。」

「我不要，我才不要親那噁心的玩意。把它拿開。」她重重拍了它一下。我抓住她的肩膀，硬是逼她跪下。

「給我親它，不然就有得妳受了。」

「我不要，我不要，我……」我粗暴地將棒子推到她臉上，用其磨蹭她的雙頰。經葛萊蒂絲舌頭這麼一逗弄，加上剛才的刺激，我早已忍不住，濃稠的白色體液立刻射的穆瑞兒滿臉都是，有幾滴甚至還噴到她的頭髮。她張口想說話，但話尚未說出口，我就將棒子塞入她嘴裡，正好將濃烈奠酒送入她口中。

「好了，」我說：「咱們要辦正事了。妳們兩個給我躺到床上去。茱麗葉，必要的話去壓住她們。艾瑟兒，我不認為妳應該看妳阿姨的裸體，所以妳最好面對我。沒錯，跪下來。等一下，先去把妳姐姐的內褲脫下來，然後把妳阿姨的裙子掀起，把她的內褲解開。既然她們一起做壞事，就應該一起受罰。咱們把她們的腿綁在一塊。」我從手邊拿了穆瑞兒的一條褲襪，將她的左腳踝和葛萊蒂絲的右腳踝綁在一起，然後把兩人擺在床上，離彼此越遠越好。如此一來，她們的腿自然地張了開來，露出最私密的部位——尚未完全成熟的嫩穴小唇呈蒼白珊瑚色，上頭還有幾根淡色的細毛；另一處則形狀完美，覆蓋著褐色捲毛，露出鮮紅小唇，張開著彷彿正在索吻似的。

「好了，艾瑟兒，不要那樣盯著妳阿姨，我警告過妳了。」

「喔，叔叔，可是阿姨的小穴好可愛喔。」她喃喃說道：「我真想親親它。」

「妳只能親一下，讓她知道我沒那麼鐵石心腸。妳還可以親葛萊蒂絲的小穴，不過接下來妳就得轉過頭來親我。」葛萊蒂絲並未做無謂的掙扎，茱麗葉的手壓住穆瑞兒的背，就算她要反抗也是枉然。她沒聽見艾瑟兒低聲向我要求，也沒聽見我的回答，因此當柔軟的嘴唇伸入她大腿間時，她嚇了一大跳，連聲嬌喘呻吟，然後使勁張開雙腿。不過我並不打算讓艾瑟兒帶給她極致歡愉，於是便拉開她，指向葛萊蒂絲。後者顯然還未發覺自己竟如此赤身露體，她的叫聲比較像是出於緊張而非快樂。她將一隻手伸向背後，想遮住身子，雙腿夾緊。

「這樣就夠了，艾瑟兒，轉過來。」她乖乖將雙唇湊到我那雄糾糾的棒子上。「敢作敢當。妳們享了樂子，現在就得付出代價。」我狠狠用藤條輪流打了兩人的屁股。從我站的位置看來，兩人皆成了我的囊中物。一開始我先是逗弄她們，下手毫無章法，然後再以同樣手勁輪流鞭笞兩人。我先在穆瑞兒的雙腿間甩了幾下輕如蜂螫的藤條，接著再將魔掌伸至葛萊蒂絲，輕輕在她股間彈了幾下，然後又打了幾下，令她痛哭失聲，還留下了鞭痕。

同時艾瑟兒正忙著親吻吸吮我，一手將我拉近她，另一手則在我敞開的褲襠中不停上下游移。我感到高潮將至，下手也越來越隨意。我的兩名受刑者又嘆息又哭泣，直到最後我看見葛萊蒂絲伸出手握住穆瑞兒的手尋求慰藉，穆瑞兒的大腿開始收縮起伏，但葛萊蒂絲顯然還未嘗到歡愉的滋味。我跪在她身後，費了一番功夫用舌頭舔拭她那精巧的小唇，另一隻手則仍不斷用藤條伺候穆瑞兒。艾瑟兒緊抓著我不放，還越蹲越低。最後我們三人幾乎同時達到高潮，我將精液全賞給了艾瑟兒，自己則飲下葛萊蒂絲的愛液，一面欣賞穆瑞兒紅腫的屁股和發亮的陰唇，如珍珠般的熱情蜜汁汩汩湧出。

經過一番狂歡折騰後，好幾個小時眾人都欲振乏力。晚餐後，大家都疲憊不堪，穆瑞兒馬上說她要去睡覺了，於是茱麗葉陪她回房就寢，我則回到自己的房間。我才剛開始打起盹，外頭就傳來敲門聲。我聽見艾瑟兒的聲音：「叔叔，我們可以進來躺在你旁邊嗎？我們會很安靜的，光我們兩人好無聊喔。」

「好吧。」我說。

「來吧，葛萊蒂絲。」艾瑟兒說，兩個女孩便進了房門。

我已換上睡衣，艾瑟兒見狀便說：「喔，咱們也脫衣服吧。」隨即脫下襯衫和裙子，一下子就脫掉燈籠短褲。

「脫嘛，葛萊蒂絲，用不著害羞。」葛萊蒂絲羞紅了臉，但經不起如此誘惑，她還是小心翼翼、緩緩地脫到只剩內衣，十分矜持，也很謹慎。儘管她的一舉一動我皆盡收眼底，她還是不讓我看見大腿以上的部位。

等到葛萊蒂絲鑽入被窩時，艾瑟兒早已上床挨著我。「真是舒服！」艾瑟兒一面說，一面把內衣掀起，雙腿纏住我的腿。她抬頭對我調皮地微微一笑，手則不安分地摸上我的雙腿之間。

「不行，妳不能亂來。我們不可以太過勞累。」我一面說，一面將她的手推開。

「你和葛萊蒂絲可好了，」她回答：「今早你們兩個都享過樂子了，雖然葛萊蒂絲也挨了一頓打，但我可什麼甜頭都沒嘗到。要是有甜頭嘗，我倒是挺樂意被打一頓。」

「可憐的寶貝，妳被冷落了是不是？真可惜。讓我看看怎麼補償妳。」於是我的左手便摸上她可口的小穴，逗弄了起來，右手則搓揉著葛萊蒂絲稚嫩的胸部。

「啊，好舒服，把你的手指伸進去，喔，你在做什麼？」我的手稍微游移了一下，一隻手指插入那處女洞，另一隻則探索著附近另一處洞穴。在我的雙重攻勢下，她的身子又搖又擺，嬌喘聲越來越快，兩眼圓睜，小嘴大張。她將身子朝我的手指用力推進，再用手臂環住我的脖子，嘴唇緊緊靠上肩膀，用尖銳的牙齒輕咬我的肉。接著她便無力地癱軟下來，閉上雙眼，不到五分鐘便進入夢鄉。

躺在另一邊的葛萊蒂絲則規律地呼吸著，不等她妹妹，早已自行先睡了。她的胸部在我的手掌下起伏。我不敢驚動兩姊妹，便任其睡去。

九、晚間課輔

翌日天氣好轉了一些，我們才出門遊玩，不過海面仍波濤洶湧，沒辦法戲水。到了下午雨又開始下了起來，整個傍晚我們又再度困在屋內。

用完茶後，穆瑞兒說：「我們要玩什麼？玩牌？玩捉迷藏？還是要玩什麼遊戲？玩什麼我都奉陪。」

「又要玩捉迷藏！妳想重蹈覆轍啊？……不要吧，不如咱們來玩學校角色扮演！」

「喔，好啊！」穆瑞兒調皮地說：「我來當老師。」艾瑟兒做了個鬼臉，故意揉了自己的小屁股一下。

「這樣就幾乎一成不變了，對不對，艾瑟兒？」我笑了笑，「不行，咱們要公平。我們來抽籤，抽中誰，誰就當老師，而且那個人還可以選個班長來幫他維持風紀，其他人都必須乖乖聽話，遵從遊戲規則。」穆瑞兒一臉疑惑。「來吧！」我明白她心裡在想什麼，因此出言慫恿：「如果是小姑娘抽中，那就有趣了。」

「喔，我希望是我抽中。」艾瑟兒大叫：「要是被我抽中，你可要小心了，賽西爾叔叔。」

「喔，那就這麼說定吧，就這麼一次，反正只不過是個遊戲。可是關於班長我有點疑問。班長的職責是什麼？他可以懲罰人嗎？還是跟其他人一樣，他也可以受罰？」

我沉思了一會，「那要看老師怎麼做。如果老師想授權給班長，那也行。當然，班長也必須服從紀律。」

「我懂了。」她回答：「那來吧，咱們來抽籤。」

我剪下五張紙，在其中一張上頭畫了一根樺條，象徵教師權威，接著將紙折好，放進一頂帽子裡搖了搖。

「好了，誰先抽？」

「拜託讓我先來。」艾瑟兒馬上先發制人，興奮地蹦蹦跳跳，「喔，一片空白……手氣真背！」

茱麗葉和葛萊蒂斯也沒抽中，接下來只剩我和穆瑞兒了。「喔，老天，看來我們要遭殃了。」艾瑟兒低聲向其他人說。

「你先抽。」穆瑞兒對我說。我選了一張紙——上頭一片空白。「看來是我抽中了。」穆瑞兒興高采烈地大叫：「你們這些人給我小心了。」

「妳選個人當班長吧。」我說：「妳可以當半個小時的老師。」

「那麼短。」

「以遊戲而言夠久了。來吧，妳想選誰當班長？」

「我要選……」她一一掃視我們，「我要選葛萊蒂絲……葛萊蒂絲，去我房間拿箱子來。

我相信我們會用到箱子，先去拿來待會也可以省點時間。好了，孩子們，去那兒坐下來，給我乖乖的，否則……賽西爾，不要動來動去的。茱麗葉，抬頭挺胸坐好。」

艾瑟兒按捺不住興奮之情，不停地咯咯發笑，我則全神投入遊戲之中，努力想扮演好男學生。我還偷偷動手捏茱麗葉的屁股。因為不想讓老師大開殺戒，她忍耐了一陣子，但最後穆瑞兒還是發現她的身子扭來扭去。「茱麗葉，」她大喊：「給我站起來。妳為什麼動來動去的？」

「賽西爾在偷捏我。」

「賽西爾，是真的嗎？他捏妳哪裡？」

「捏我屁股。」

「妳用詞粗鄙，一點淑女風範都沒有。把妳的手伸出來……還有另外一隻手。回去妳的座位上。賽西爾，到這裡來。你竟然敢如此放肆，偷捏茱麗葉那裡，我可沒厚顏無恥到敢說出那部位的名稱。」她扮演起女教師的角色真是絲絲入扣。「你那裡也得受罰才行。把你的褲子脫下來。」

「喔，求求妳，這次就放我一馬吧。」我開始啜泣起來：「我下次不敢了。」

「當然不行，馬上把褲子脫下來。」

「我不要。」

「喔，很好。葛萊蒂絲，幫他把褲子脫下來。」葛萊蒂絲躊躇不前，「小姐，妳要不要照我的話去做？還是連妳我也一起懲罰？」她舉起藤條在葛萊蒂絲背後半空中咻地揮了一下。葛萊蒂絲走近我，開始解開我腰間的皮帶，然後解開鈕子。「不要磨蹭太久，不然我會懷疑妳是不是在亂來。」葛萊蒂絲的臉羞得通紅，接著便手腳加快解開剩下的鈕子。「好了，把褲子脫下來。」褲子落至我膝蓋處。

「讓他趴到沙發上，把他的襯衫下擺拉起來。身子彎低點，賽西爾，再低點。低點……低點……就是這樣！」想當然爾，穆瑞兒一定想藉機大展身手。她費盡全力高舉籐條抽在我兩片屁股上。「你這個壞小子，竟敢偷捏同學，讓我來好好教訓你。你以後會不會學乖？會不會？會不會？」她總共打了我六下，她停手時我毫無一絲悔意。「好了，給我站在牆角面壁思過。襯衫不要放下來，好給其他人作為殺雞儆猴的警惕。」挨了這頓打，我有點後悔自己起哄玩這個遊戲，不過這個具挑戰性的遊戲我下定決心玩下去，等待復仇的機會。想到葛萊蒂絲和艾瑟兒正在盯著我光溜溜的身子瞧，我便興奮不已，內心一股激情油然而生。

其他人見狀顯然也很高興，因為我聽見艾瑟兒發出咯咯笑聲，還聽見穆瑞兒的聲音：「妳在笑什麼？」

「他的樣子好滑稽，喔，你瞧他全身傷痕累累呢！」

「這沒什麼好笑的，妳很快就知道了，小姑娘。葛萊蒂絲，幫我好好打艾瑟兒一頓。我累了。」

「我才不要被葛萊蒂絲打。」

「喔，妳不要是吧！老師說什麼，妳就乖乖照做。」

艾瑟兒明白反抗沒什麼好處，或許心裡想著乖乖挨姊姊打也好，免得慘遭穆瑞兒的毒手。

「讓她趴到妳的腿上，葛萊蒂絲，把她的內褲解開，拿這支梳子打她調皮的小屁股。咱們瞧瞧以後她還敢不敢再取笑別人受罰。打大力一點，再大力點，我說大力一點！妳要是不照我的話做，我就要親自動手示範給妳看了。」

從穆瑞兒的語氣聽得出來她內心正得意洋洋，欣喜不已。葛萊蒂絲下手似乎有些留情。穆瑞兒開始耐不住性子，或者是假裝失去耐性。「要是妳再不好好打她，我就要打妳了，不管妳是不是班長。站起來，讓艾瑟兒趴到沙發上去。好了，照我的話去打她。」

「她挨得打夠了吧？」

「夠了？為什麼夠了，她的屁股都還沒變紅呢。妳要不要照我的話做？給我嘗嘗這個！」我聽見籐條打在葛萊蒂絲的裙子上，接著立刻傳來更響亮、更輕脆的聲音，是梳子打在艾瑟兒赤裸肌膚上的聲音。「這樣好多了，看來妳是需要別人示範一下。就是這樣，再打，再打，再打！」

艾瑟兒開始發出小聲尖叫，穆瑞兒的實務教學顯然十分奏效。我看了看手錶，「時間到了。」我一面說，一面屈身撿起我的褲子。

「萬歲！」艾瑟兒說完，轉過頭揉了揉屁股。「妳給我等著瞧，小娘們！」她對著姊姊說：「要是我抽中了幸運籤，我就好好抽妳一頓！」

「這次只有四張籤。」我說：「一人只能當一次老師。」我再度將紙折好，不過這回我偷偷將幸運籤藏在手中，當輪到艾瑟兒抽的時候，趁沒人注意時，我悄悄地將籤塞入她手裡。她瞥了我一眼，不露聲色，假裝是自己抽中的。

「我抽中了，我抽中了，喔，這下好玩了。賽西爾叔叔，你來當我的班長，告訴我怎麼做！」

「那好。」我說：「她們都很調皮，全都該打。首先我應該每個人都打過一回，這樣是不錯的開場。」

「好主意。趁我的屁股還在痛的時候，我先來打葛萊蒂絲。來吧，小妞，過來趴到我的膝上，馬上來。把妳的裙子撩高，把內褲解開，就這樣敞開來——全敞開來，不然我會打斷妳的手。」

艾瑟兒的臉脹得通紅，雙眼閃爍著頑皮的神情，摩拳擦掌迫不及待想鞭打她姊姊粉嫩的屁股，她這副德性，實在叫人激賞。「讓我來示範怎麼鞭打人。我打，我打，我打。」

「我不需要任何人來教我怎麼教訓人。對不對，叔叔？」

穆瑞兒低聲對我說：「我說，賽西爾，我不確定我想這樣。」

「緊張嗎？」

「這個嘛……」

「記住，如果她想打妳，妳就得乖乖挨打。」

「我不認為……」

「如果妳不服從的話，」我很嚴肅地說：「我會當著她的面把妳打到站不起來。妳自己答應要玩這遊戲，就必須照著遊戲規則玩。」她知道我不是說著玩的，便不再多說，不過臉色卻微微發白。

葛萊蒂絲的鞭刑仍持續著，她的屁股已整個脹得通紅。「好了，妳的懲罰就到此為止吧。」艾瑟兒說：「叔叔，現在請你鞭打茱麗葉。雖然她不是非常調皮，但我覺得挨點打對她有益無害。」

「來吧，茱麗葉。」我說：「我下手不會太重，所以我選樺條。把內褲脫掉，趴到沙發上去。」艾瑟兒用熱切的眼神看著我準備就緒，茱麗葉脫下內褲，前後都被人看個精光。艾瑟兒低聲對我說：「她的鬚鬚是不是很多？」

「噓！」我說完便舉起樺條，打了她十幾下，我的力道拿捏得剛好，她會感到疼痛，卻只留下幾道淡淡的紅印。「這樣夠了嗎？」

「打她的雙腿之間。」她指向茱麗葉私處噘起的小唇，我照著她的話去做。茱麗葉開始扭動身子。她一直都對樺條的觸碰最為敏感。「她好像很享受，」艾瑟兒說：「再多賞她幾下。」我繼續打下去，直到我見到她的大腿用力縮緊，陰唇又張又合，看來最後的高潮將近，沒多久我終於看到幾滴宛如珍珠的愛液流出，真是值回票價。

艾瑟兒看得目瞪口呆。「發生什麼事了?你該不會讓她高潮了吧?」她喃喃說道，我點了點頭。她跑向茱麗葉，將兩隻手指插入她的小穴中。茱麗葉嬌喘了一聲，兩條大腿緊緊將那隻入侵她身體的手夾住。「喔，妳這個調皮的女孩。」艾瑟兒說：「妳這麼不檢點，應該再挨上一頓打。」

「我想她挨的鞭子夠了。」我低聲說：「而且還有穆瑞兒呢。」

艾瑟兒看看我，然後再望向穆瑞兒，「我不要……」

「妳不想嗎？」

「怎麼會不想！可是……」

「害怕了？」

「嗯！」她點點頭。

「喔，她不會放在心上的，這只不過是個遊戲罷了。穆瑞兒……妳看，」我提高音量說：「艾瑟兒害怕打妳。我告訴她妳不會在意的，因為這只不過是遊戲而已。」我直視她，刻意如此說道。

她不安地笑了笑，然後盡量若無其事地說：「當然，親愛的，玩遊戲要公平。你想怎麼處罰我？」然後她站了起來。

「要不要我為她『備馬』？」

「那是什麼？」

「我將她扛在肩上，妳就可以同時鞭打我們兩人。」我一面說，一面將褲子解開，任其落下。「好了，穆瑞兒，準備好了，把內褲脫掉，我會幫妳把裙子撩起。給我站到那張椅子上去。」

「可是，賽西爾，這樣什麼都被她看光了。」

「看的越多越好，她喜歡看的，來吧。」我將她的雙腿夾在腋下，她則用手臂環繞我的脖子，我們便站著等好戲上場。

「我要用什麼打？」艾瑟兒說。

「隨妳便，樺條用起來最順手。」

「我不太喜歡……」

「別傻了，小姑娘，」穆瑞兒說：「趕快下手吧。我說過妳可以打我。不要讓我一直春光外洩。」

「好吧！」女孩羞愧地低聲說道。

「那就動手吧，打她，妳看的到的地方都打，連我也打。」我腦海中的想像已令我慾火中燒。我想聽見鞭子落在穆瑞兒的肉體上，知道她的私處全遭「老師」飢渴的雙眼看光，身子在鞭下顫抖。奇怪的是，我自己竟也想親身體驗鞭子的滋味。我體內渴求虐待及受虐的慾望相互交雜，感覺奇特無比，情緒波濤洶湧，令我幾乎無法承受，我的喉嚨似乎哽住，幾乎無法呼吸，聽到第一道鞭子抽打的聲音，才鬆了一口氣。第一道打在穆瑞兒豐滿肉體上的鞭子力道十分輕，接著我便感覺有棍子輕撫自己的肌膚。

艾瑟兒跨出了第一步，膽子也大了起來，她的手勁越來越大，鞭子也越落越快。她全神貫注地抽打穆瑞兒，比較少顧及到我，最後她整個人被鞭笞的慾望佔據，我聽見鞭子的速度越來越快，威力也越來越大，因為穆瑞兒開始在我的肩膀上扭動身子，我得費一番功夫才能抓牢她的腿。

最後，「夠了！」她說，艾瑟兒一聽立刻停手，「放我下來，賽西爾。」她對我說。我完全還沒盡興，內心不滿的慾求如火中燒，我必須想個法子宣洩。

「妳這樣就夠了嗎？我可還沒享受夠呢。要是艾瑟兒不繼續，就換我做個了結。我知道妳也還不過癮，對不對？過來這裡，讓我瞧瞧。」接著我便將手伸到她雙腿之間，將她一把拉過來。「不，我想妳還不滿足。到那張桌子那兒去趴下。茱麗葉，到我面前跪下，妳們兩個女孩過來鞭打我，兩個都給我過來。動手啊，照著我的命令做，否則我就打妳們。快點鞭打我，我想挨打。」

我因為慾求不滿而激動地幾乎發狂，或許是因為我一直過著「苦幹實幹」的生活，加上才剛又目睹了一齣香豔刺激的戲，才讓我如此失控，但我還是要再品嘗一次各種感官刺激不可。我拿起一根樺條，荒淫無恥地動手鞭打穆瑞兒，茱麗葉則跪在面前親吻我，兩個女娃兒誠惶誠恐地鞭撻我的臀部，但是她們由於太過緊張，手勁完全滿足不了我。「大力點，再用力點！」我命令她們照做卻絲毫沒有起色，我只好命令茱麗葉跟葛萊蒂絲換手，結果立即奏效。茱麗葉完全是箇中高手，昔日一定精於此道。她巧妙地揮鞭笞打，加上葛萊蒂絲的唇舌夾攻，實在令人欲仙欲死。我感受到一陣激流竄遍全身，正當穆瑞兒屁股的起伏越來越快，身子在細枝探刺下左右扭擺時，我用盡全力噴射，賞了葛萊蒂絲我最精華的玉液。

十、晨間探險

幸好暴風雨晚間就離開。連續幾天陰雨綿綿，被迫待在屋內找樂子，實在令我們一行人萎靡不振。然而，翌日天氣晴朗，豔陽高照，早晨我們終於可以在璀璨陽光下戲水。經過昨晚課輔的一番調教後，穆瑞兒在女孩面前已不再故作矜持，如今五人的立足點皆平等。艾瑟兒大膽地以赤裸身子示人，到處蹦蹦跳跳，如入無人之境。穆瑞兒想出言阻止，但我不同意，她辯說任由小姑娘那副德性下去成何體統，一點家教都沒有。我坦率地對她說，在她自己光著屁股被艾瑟兒鞭打過後，她沒資格自以為高人一等。「需要紀律的話，我自然會實施——會拿妳們全部來開刀，妳少在那兒裝模作樣了。」她一臉倔強，一副不服氣的模樣，「難不成妳敢質疑我的權威嗎？」

「不敢，賽西爾，可是……」

「可是什麼？……妳給我乖乖聽話，照我說的去做，聽見了沒？——照做！為了證明妳會聽話，馬上將妳身上那件泳衣脫掉。」我們站在岸邊，其他人則在浪花中蹦蹦跳跳玩耍，艾瑟兒雪白的身子在海浪拍打下閃爍發亮。

「馬上脫掉——把那些鈕扣解開。」正當她猶豫不決時，我手一舉重重打在她濡濕的脅腹上，掌摑的聲響引起了其他人的注意。穆瑞兒輕聲喊叫作為抗議。

「妳到底要不要乖乖聽話？立刻把泳衣脫掉，否則……」我抓起一條被潮水沖上岸的細長海草，打在她腿上。

「喔，不要，賽西爾，不要這樣。」

「那就照我說的去做。」

「可是我不能在這兒脫衣服。」

「為什麼不能？」我走近她，一把抓住泳裝衣領，猛地一扯，前面整個被我扒開，釦子全數掉落，胸部露了出來，肚臍以下的部位也全都春光外洩。「好了，趕快把它脫掉。」我幹勁十足地用海草在她全身上下不停地抽打，她明白反抗也於事無補，於是便很快地脫下掛在身上的衣服。

「喔，妳看阿姨！」艾瑟兒大喊：「她把衣服脫掉了。來吧，葛萊蒂絲，把妳的泳衣也脫掉。在海裡裸泳舒服多了。」她跑向姐姐，自己也開始動手解開泳裝。葛萊蒂絲不從，卻無法抵擋艾瑟兒敏捷雙手的攻勢。泳衣掉落，露出她微微隆起的美麗胸部和嫩白玉體。

「這就對了！」我大喊，一面用尖刺的海草鞭策穆瑞兒將泳裝下半身脫掉。「好了，茱麗葉，把妳的泳衣也脫掉吧。」

「我才不要！」茱麗葉說。

「喔，妳不要是吧？」我轉向她，她一見我靠近便拔腿就跑，向沙灘上小屋奔去。我從後追趕，但她跑得飛快，要不是她滑了一跤跌倒，恐怕我也抓不到她。她跌了一跤，躺著氣喘如牛，我追上她，賞了她背部和雙腿一頓打。她又哭又扭，最後站了起來。

「喔，賽西爾，不要！海草打得人家好痛！唉唷！」她左閃右躲，跳來跳去想躲開攻擊。

「那就把那玩意脫掉！妳憑什麼不跟大家一樣脫個精光？好了，給我滾回海裡去。」

我在沙灘上追趕赤裸裸的她，不時用海草鬧她，接著在碎浪中輪流追逐四名女孩，戲水玩鬧，不亦樂乎。最後玩累了，我們一行人才返回小屋，更衣用早餐。

用完早餐後，我們又回到海灘上，打算在晚餐前再來戲水一番，但卻因故無法成行。

穆瑞兒提議這回我們應該往左岸去，深入西邊去探險。因此我們拿著毛巾動身出發，爬過岩石前往西岸海灣，抵達目的地後，我躺下來享受日光浴，女孩們則到處晃蕩。我發現有幾名女子正在採集貝類，還有幾個平民小孩四處玩耍，看來是那些女人的孩子，這些人並沒有引起我太多的注意。

我打著盹，正要睡著時，在半夢半醒間突然被一陣怒吼和痛苦的尖叫聲吵醒。「你竟然敢對我丟沙子，我要好好教訓你，你這個小畜牲，讓你嘗嘗巴掌的滋味。」接著一陣手掌重重打在肉身上的聲音傳入我耳中。「看來是穆瑞兒在打小姑娘。」我一邊想一邊坐起來一探究竟，看見在海灘的另一頭有一小群人扭打了起來。接著令人訝異的是，我看見兩個小身影掙脫開來，奔向正在撿貝的女人，跟她們講了幾句話，顯然孩子們是在跟母親抱怨，然後兩名女子便快步走向穆瑞兒，手裡揮舞著用來將貝類從岩石上敲下的短棍，我眼看情況不對勁，便站起來走過去，那些女人過來理論時，我正好也趕到。「妳是不是打我的莎莉？」一名女子喊道：「老娘要跟妳算帳。」然後她不懷好意地揮舞著棍子向穆瑞兒示威。

「嘿，不要衝動。」我說：「這是怎麼一回事？」

「那賤人打了我的莎莉，老娘要找她算帳。」

「那也不要動手動腳的啊！」我回答：「妳可以賞她巴掌，可是不要用棍子打人，她自己也沒用上棍子。我來當裁判。」我將棍子從她和另一名女子的手中拿走。「好了，如果可以的話，打她屁股吧，我相信她活該挨揍。」

「賽西爾，」穆瑞兒有點害怕地說：「你該不會真的……」話還沒說話，其中一名女子便抓住她，另一人則去對付茱麗葉。

「妳們兩個小丫頭趕緊回家去，我們待會就回去，這裡沒妳們小孩子的事。」葛萊蒂絲一臉驚恐，似乎十分樂於從命，但艾瑟兒卻滿臉淘氣好奇，徘徊不走。

「走啊！」我說：「否則我就打妳的屁股，把妳打到不醒人事為止。」

四名姑娘全都加入群架陣仗。穆瑞兒的對手是個又矮又壯的婦人，雖然體格壯碩，但也相當肥胖，她的力氣略勝一籌，但動作卻遲緩笨拙；茱麗葉則與年紀較輕、也較難應付的對手交戰，她顯然沒什麼勝算，雖然她又是扭打又是掙扎，但我已經預見比賽唯一的結果。相較之下，穆瑞兒和她的敵手則是旗鼓相當，打鬥也較有看頭。那女人奮力想用手臂扳倒穆瑞兒，但穆瑞兒卻像條鰻魚般扭來扭去，很有技巧地緊咬住她不放。最後我聽見衣服撕裂的聲音，那女人的裙子一半從腰際掉落，露出底下不甚乾淨的棉織法蘭絨罩衫。

「妳竟敢撕裂我的裙子？」她大喊，加倍力氣還擊。扯破！撕裂！我看見穆瑞兒輕薄的連身裙被撕成碎條，纏在她的腿上。對手用力一拉，她緞料燈籠短褲上的鈕扣便迸開，短褲落至她的膝蓋。綁手綁腳的她簡直動彈不得，一下子就被對手制服，緊緊被她的左手臂夾住。對方猛烈出掌狠狠打了她光溜溜的屁股一頓。

此時茱麗葉也同樣被壓制住，從她的哭喊聲和掌摑聲聽來，下場顯然慘不忍睹。她的屁股腫得一片通紅，痛得雙腿到處亂踢。雖然穆瑞兒已佔下風，但仍不放棄掙扎。她的手沒被抓住，摸索著想找東西使力，最後摸上了殘破的裙子，更多罩衫露了出來，罩衫隨即也慘遭毒手。然而攻擊者毫不留情的手掌仍不停打著她的屁股，但對方卻絲毫未察覺自己也遭了殃。她只顧用粗啞的嗓音喘著氣，憤怒地低吼。

最後穆瑞兒總算把搆得到的衣服全扯破，露出對方結實的大腿和粗糙的臀部。接著，她使出全力，用指甲掐住其中一邊屁股，這下顯然奏效，那女人將身子扭開，擺脫她的攻擊。但穆瑞兒卻被燈籠短褲絆住腳，逃不了。那女人再度朝她撲過去，將她撲倒在地臉朝下，然後又繼續雙手夾攻，毒打她的屁股和大腿。

穆瑞兒開始苦苦求饒，我心想是時候插手干預了。「這樣就夠了。」我說，但那女人卻不肯善罷干休。我走向她，動手將她拉開，此時我聽見沙灘上有腳步聲靠近，一轉身，看見罪魁禍首的那兩個小孩走了過來，身旁還有四名男子。

「這是怎麼一回事？」其中一人說。我見情勢不妙，想趕緊解危脫身，便馬上開口向他們解釋。「你給我閉嘴。臭娘們，誰把妳衣服弄破的？」我又試著解釋，但他卻猛地一拳打向我，硬如鐵槌的拳頭打得我飛了出去，我還沒撐起身子，又被其他兩人抓住壓倒。眾人七嘴八舌地爭吵，等我看清楚究竟發生何事時，穆瑞兒和茱麗葉已落入其中兩名男子手中。為了替孩子討回公道，那兩人又再一次摧殘她們已經傷痕累累的屁股。我努力想掙脫，卻徒勞無功，只能躺著眼睜睜看著穆瑞兒和茱麗葉慘遭那兩個野蠻人毒手折磨。那兩名女子則站在一旁觀賞這場殘忍的酷刑，最後其中一人對另一人低聲說了幾句話，後者聽了雙眼閃過一絲狂喜。她走到正在毒打穆瑞兒的男子的身邊。我聽不見她說了什麼，不過他望向我。「喔，不用理他。妳幹妳的。」令人驚恐的是，她竟動手解開男人的褲子，將他硬梆梆的棒子掏了出來。我從未見過如此巨大駭人的傢伙。我奮力掙扎想從俘虜我的人的手中掙脫，卻只是白費力氣。同時我自己也承認，內心有股難以遏制的慾望想一睹穆瑞兒受辱。我口乾舌燥，瞪大雙眼等著看好戲。那男人一下子轉過身，將穆瑞兒的身子翻了過去，然後在她還沒意會過來之前身體就湊到她雙腿之間。他的肉棒一碰到她的身子，她便高聲尖叫，扭著身體想逃脫。她勉強站了起來，企圖拔腿逃跑，但貼身燈籠短褲卻再次將她絆倒。一轉眼那男人和女人便將她壓制住。女人將掛在她身上的裙子全部扯掉，抓住她的腿，將其掰開，那男人則趁機插入她雙腿之間，準備大幹一場。穆瑞兒不斷發出一聲又一聲的尖叫，身子不停扭動想閃避棒子侵入。我聽見她不斷呼喚我的名字，語帶哀求，不過就算我可以自由行動，我也不確定自己會出手援救。見她高傲美麗的玉體在我眼前受人百般凌辱，我實在看得陶醉入迷，渾然忘我。

終於那男人即將做最後的衝刺。我看見他強壯的軀體起伏猛推，最後發出一聲宛如野獸的低吼，然後整個人就倒在穆瑞兒身上，將她的身影完全遮住。接著他回過神站了起來，他的受害者則留在原地顫抖，一動也不動。

「你爽完了，換我了。」其中一名俘虜我的人說：「抓住這個年輕人。」

他一面說，一面放開我，讓另一人接手。我並未動手反抗。我受到如此香艷的刺激，整個人震顫不已。我多麼希望有一整支軍隊前來蹂躪穆瑞兒。另一名男子色瞇瞇地走近他的受害者。她四肢癱軟躺著，姿勢跟剛才被侵犯時一模一樣。當她感覺男人的身體靠上來時，並未抵抗，僅發出啜泣聲，半睜雙眼然後又合上，彷彿不想看到侵犯她的人。這名男人比另一人年輕許多，體格十分結實壯碩。由於穆瑞兒並未反抗，他出手也比較不那麼粗野。他的動作較為緩慢，也較為溫柔。過了一會，訝異的是，我竟然看到穆瑞兒雙腿微張，身子還迎合對方的抽送。

「妳可以把她的腿放開了。」那男人說：「我肯定她很愛我上她。」那女人乖乖放開她的腿，穆瑞兒彎起膝蓋，激動地踢了幾下後，便用雙腿夾住那男人粗重的大腿，她的手也緊抓住他的毛線衫，將他拉近。最後我可以看到最終高潮即將來臨。她太過熱情，那男人還沒準備好，她就把他榨個精光。「妳這個小賤人，」他大喊：「我已經射了，我……」他不再多說，只粗暴地狂吻她的唇。兩人雙唇相貼，此時他們只是男人和女人，一切階級差異皆被拋諸腦後。原始的性慾跨越所有障礙，兩個身體憑本能熱情地交合。

同時，茱麗葉也慘遭攻擊她的人的毒手。她明白抵抗也沒有用，只好乖乖安靜就範。女人們見受害者都臣服於淫威之下，便定睛觀賞好戲，但最後其中一名裙子被撕破的女子說：「男人都在爽，年輕人，你想不想也來爽一下？我的男人在幹你的女人，你想不想幹我？」我沒回答。我的確也想嘗一下魚水之歡，但卻不想跟她。「來吧。」她說，一面撲向我的褲子，底下的肉棒早已明顯鼓起。幸運的是，或許我實在是太過興奮，被她的手這麼一碰，我再也無法遏制自己，來不及煞車就噴得她整身都是。「喔，這個髒畜牲！」她大叫，一面把我的棒子推開。「瑪莉，這小子沒輒了，過來這裡來幫我一下。」另一名女子便過來，二話不說就把手伸近殘破的裙子底下，同時也撩起自己的裙子。接下來雙方都沉默不語，然後一下子兩女就緊貼著彼此，接著……又鬆開。此時穆瑞兒和茱麗葉已恢復自由身，那些男人正壓低聲音交談著。最後其中一名看似是老大的人走向我。

「好了，看這裡，先生。」他說：「你想因為剛才的事來找碴嗎？如果你還想找碴，你就別想活著離開這海灘。反正也沒造成啥傷害。而且你的女人和這個蕩婦都很享受，你也爽到了，你自己心裡有數。以牙還牙，要是你也想有樣學樣，幹我們的女人，就請自便。這很公平。不過要是你打算惹事，老天為證，我就要你的小命。」

我望向緊靠著彼此的兩個女孩。惹事也無益，而且傷害已造成，於是我便說：「我想少說少錯，多說也無益。這些女士們已為自己犯的錯付出了代價，或許過於慘痛。但如果我答應不洩漏半句今早你們幹的好事，你們也得發誓不得到處大肆宣揚。還有整件事的罪魁禍首，那些小王八蛋呢？」我指著那兩個一直在旁看好戲的女娃。

「喔，小ㄚ頭我來處理。莎莉、瑪莉，過來這裡？妳們會不會把這件事說出去？」兩個小娃兒搖搖頭。「那好，咱們來確認一下，到這裡來。」他抓住其中一人，然後將她的身子翻了過去，狠狠打了她的屁股和大腿，接著同樣也毒打了另一個女孩一頓。「記住這教訓，要是妳們敢洩漏半句，我會把妳們打個半死，給我小心點……嘿，臭娘們，妳最好趕快回去小屋換衣服。你的女人怎麼辦，先生？她總不能就這樣回去吧。」

「或許你老婆可以借她衣服穿。這些錢給你，可以幫她買件新裙子。」我塞了一枚金幣到他手中。

「你真是個知書達禮的紳士。」他說：「很抱歉幹了你的女人，不過要是你想幹我女人，她隨時都在這裡，我相信她很樂意奉陪的。」

「喔，沒關係，借件裙子給這名女士，我們就要回家了。」

於是一行女人便走向遠處一間小屋，她們一起離開的模樣看起來實在頗奇特。穆瑞兒和茱麗葉彼此扶持，連站都站不穩，穆瑞兒腰際以下幾乎赤裸，她的裙子已被扯下，內衣也被撕成碎條。茱麗葉的衣衫較為完整，樣子看起來也較為得體。穆瑞兒頑強的對手走在前頭帶路，她也露出了肥胖紅通的大腿，以及襤褸的棉製法蘭絨罩衫，不過並不怎麼養眼。她豪邁地跨步前進，像個亞馬遜女酋長驕傲地帶著俘虜返回部落。那兩個小孩則跟在後頭，男人在我身旁。女人走進小屋內，過了一兩分鐘，穆瑞兒和茱麗葉又出現了。穆瑞兒身上穿了一件過大的粗劣裙子走向我。我過去和她們會合，然後便一言不發地動身回家。途中穆瑞兒和茱麗葉兩人皆沉默不語。兩人身心似乎都深受重創，一人一邊緊抓著我的手臂。我不時感覺茱麗葉在發抖啜泣，但穆瑞兒卻完全漠然，並未表現出任何情緒。我不知道葛萊蒂絲和艾瑟兒會對晨間探險怎麼想，也害怕我們這麼久沒回去會令她們緊張不安。趁還沒見到小姑娘前，我試著想讓這兩個受創的女人振作起來。我要她們趕快在回家前努力裝作若無其事的樣子，此時卻瞥見連身裙的一角消失在一塊岩石後方，我趕緊拔腿追去。

發現艾瑟兒躲在那兒時，我整個人震驚無比。「我不是叫妳回家！妳還在這裡做什麼？葛萊蒂絲呢？」

「她回去了。喔，叔叔，好可怕對不對？」

「所以妳一直都在偷窺對不對？妳看見了什麼？」

「全都看到了！喔，叔叔，實在太恐怖了！可憐的阿姨和茱麗葉！」

「等我們回家就輪到可憐的艾瑟兒了。我告誡過妳，妳自己也很清楚。」

她一臉驚慌失措，「人家就是忍不住嘛，叔叔！我不得不留下來偷看。」

「喔，是嗎？」我嚴峻地說：「那妳現在就得因為好奇而付出代價。用完晚餐後我再好好跟妳算帳。給我過來。」

我拉起她的手，重新回到其他人身邊。「艾瑟兒沒有聽我的話，一直再偷看。」我對穆瑞兒說，「晚餐後再來教訓她。」穆瑞兒似乎不怎麼在意，一心只想趕快回家。我們回到小屋，看見葛萊蒂絲十分緊張，滿臉驚恐地在家。

「喔，真高興你們回來了。我好擔心。艾瑟兒待在原地，我試著拉開她，但她就是不肯走。我警告過她，說這樣會惹你生氣，但她說她才不在乎。」

「等我教訓完她，她就會在乎的。」

艾瑟兒做了個鬼臉。「就算我挨上一頓打也是值得的。來吧，叔叔，趕快來打我，速戰速決。」她放肆地說，一面撩起裙子，露出屁股來。或許目睹了穆瑞兒和茱麗葉慘遭凌辱，她的膽子也大了起來。

「妳給我回房間去，在那兒乖乖等著，等我叫妳來再過來。」見她不從，我便一把抓住她，將她拖上樓，扔進她的房間，然後將門反鎖，接著又回去找其他人。「葛萊蒂絲，妳可以幫我忙，拿些熱水過來。」

我將穆瑞兒和茱麗葉的衣服都脫掉。兩人的臀部和大腿皆慘不忍睹，從大腿到膝蓋整片都是瘀青，肌膚紅腫。更恐怖的是，竟然有血汩汩從穆瑞兒的身體內流出。顯然侵犯她的人的陽具過於巨大，且對她也太過粗暴，令她難以承受。

等葛萊蒂絲拿了熱水回來之後，我便扶著遍體鱗傷的兩人到床上趴下。葛萊蒂絲和我溫柔地用海綿擦拭她們被折磨得不成人型的肉體。她們連碰都碰不得，海棉一觸及肌膚兩人就發出低聲呻吟。為了保險起見，我又用消毒藥水洗淨兩人全身上下。清潔完畢後，我用浸了油的繃帶幫她們包紮傷口，然後便和葛萊蒂絲一起下樓用晚餐。

十一、偷窺的下場

我們拿了一些食物上樓給穆瑞兒和茱麗葉吃，但她們已精疲力盡，沒有胃口享用。葛萊蒂絲問要不要分點給艾瑟兒吃，我說：「不。她實在太不聽話，必須受懲罰。」

「我真的有試著叫她回家，叔叔。我真的試過了。但她還是停下來偷看。我就知道你會生氣。喔，叔叔，到底發生了什麼事？一定很可怕，我從沒見過如此嚴重的瘀青，可憐的阿姨那裡面竟然還流血。除了鞭打她，他們是不是還對她做了其他事？他們怎麼能如此殘忍？竟然對一介弱女子出手！」

我告訴她一切的來龍去脈，她看到我被對方拳頭揍成淤青的眼睛，知道我自己也沒逃過一劫。

「我好慶幸自己回家了。要是我們待在那兒，搞不好他們還會出手染指我們！我才不要別人碰我，我只願意給你碰，叔叔。」她靠了過來，坐到我膝上，用手臂環住我的脖子，然後不斷吻我，向我傾訴滿腔愛意。我的手也立刻伸進她的衣服底下，解開她內褲的釦子。她毫不反抗，甚至還挪了一下，好讓我把內褲脫掉。她一褪下內褲，便張開雙腿，迎接我熱情的愛撫。我解開自己的褲子，然後把她百般迎合的手放在那裡。她握住我聳立的棒子，溫柔地將其拉向自己，然後低語：「把它放進那裡，叔叔，我想要它。喔，拜託把它放進去。」

「不行，我不能這麼做。我保證過不逾矩的。現在還不行。」

「可是我想要它，我想要它。」

「那就來親吻它，我也會親吻妳。躺到沙發上去。」她直接到沙發上，成大字形躺了下來，露出她完美無瑕的處女地。我彎下身，將雙唇湊上去親吻她粉嫩的小穴，飢渴地吸吮早已泉湧而出的蜜汁。同時我也感覺到她的嘴唇靠上我的老二，用小舌撫弄著它，將其纏住，拉入她的櫻桃小嘴裡。她用不著等上多久，「小心，」我喘著氣說：「我要射了。」

「我想要你的寶貝，」她回答：「一滴都不想放過。」我感到高潮將至，微微抬起身子，低頭一看，正好可以看到她正用熱情的雙唇服侍我的棒子，令它銷魂地抽動不已。她也大口含住，直到大洪傾洩，措手不及的她只好向後一退，任由我的漿液噴得她臉蛋頸子到處都是。

我將棒子抽出來，轉向她。她抬頭對我嫣然一笑。「滋味不是挺好的，不過因為是你的寶貝，所以我喜歡……喔，還有一滴，讓我喝下。」她將我拉了過去，貪婪地將殘留的幾滴漿液一飲而盡。

「好了，現在輪到艾瑟兒小姐了。」我說：「妳上樓去清洗一下，然後告訴她我準備好了。」

「你不會對她下手太重吧，叔叔？」

「我得好好教訓她，教她要乖乖聽話。」我回答，一面跟著她上樓。

我們看見艾瑟兒坐在床上，顯然有些惶恐，又有些不服氣。「我還在想你到底什麼時候才要過來呢。」她說：「晚餐準備好了嗎？」
「我準備好了。」我回答：「妳違背我的命令，等妳受懲罰後再吃晚餐。把衣服脫下，跟我來。」
「我要吃我的晚餐。」
「照我的話去做，妳還不准吃晚餐。」
「才不要呢，我要吃我的晚餐。」
葛萊蒂絲正在洗臉。「妳最好乖乖聽話，艾瑟兒，」她說：「我早跟妳說過賽西爾叔叔會生氣。不要把場面弄得更糟，把妳的衣服脫掉，或許他還會手下留情一些。」
「妳少管別人的閒事。」艾瑟兒回嘴：「我說我要吃晚餐，就是要吃到晚餐。」
她衝向門口，卻被我一把抓住。我吃力地把她拖到穆瑞兒的房間，她不停反擊，又踢又掙扎，終究還是難逃法網。
一進房間，我便對穆瑞兒說：「艾瑟兒來了。她違背我的命令，今早發生的事還厚顏無恥地從頭到尾偷窺了。是要由妳來懲罰她，還是我來下手？」
「你先動手吧，賽西爾。我太累了。好好地教訓她一頓讓我瞧瞧，或許待會我會過去助你一臂之力。」
「好了，艾瑟兒，」我說：「妳要自己把衣服脫了，還是要我動手幫妳？我警告妳，為了妳好，妳最好乖乖自己動手。」
「我要吃晚餐！」艾瑟兒重複說道。我走到房間放置箱子的地方，打開其中一只，拿出一根藤條來，然後狠狠地打在她的肩膀上。「妳到底要不要乖乖聽話？」藤條一落在她輕薄的連身裙上，她便痛得大叫一聲，但仍不打算脫衣服。

藤條一而再、再而三地落下。「喔，求求你，叔叔，好啦，我會把衣服脫掉，我說真的。」

「那就動作快一點。」她手忙腳亂地解開釦子，我手裡的藤條繼續落在她身上催促她。

她拚命閃躲鞭子，憤怒的熱淚盈眶，然後裙子便掉到地上，接著是馬甲，最後她身上只有內衣遮住她纖細稚嫩的身軀。她動手解開內衣，卻被我阻止。「目前不用把那件脫掉。好了，妳太過放肆，太過好奇，現在我要來好好打妳一頓。今早我還特別囑咐過妳，要妳回家去，妳卻只因為無恥的好奇心，違抗我的命令。我要好好教訓妳，教妳以後記得要聽我的話。彎下去一點，把內衣撩起來，放在背後抓好。」

她驚恐地瞄了我一眼，照我的話做，把內衣緊緊抓在臀部處，以為自己的臀部即將遭殃，於是向前一彎，露出屁股和大腿的曲線。然而，我卻另有打算。我將藤條出其不意地打在她的背上，當籐條落在她肩膀下方時，她驚訝地叫了一聲。內衣有點薄，經這麼一打，輕薄的棉布便被細細的藤條刺穿。另一抽接著落下，又將其撕破了一些，直到挨了六下之後，那脆弱的衣料便整件被扯破，成條狀披掛在身上。暖了身之後，我開始認真起來，快手處刑，每打一下，布料就又被扯下一些。儘管內衣很薄，還是保護了她的身子，因為衣服掉下後，她的肌膚上只見幾條淡淡的傷痕。我見內衣已經殘破不堪，便一把將之扯下，她幾近全裸地佇在原地，只剩肩頭上掛著一縷殘布。

鞭刑進行至此，她不時不自覺地大叫，卻沒落下一滴眼淚。她緊癟雙唇，顯然已下定決心努力不讓自己情緒崩潰。

我將藤條放到一邊，拿起一根樺條。「好了，」我說：「現在如妳所願，換妳的屁股嘗嘗鞭子的滋味。告訴我，妳還敢不敢再違背我的話？敢不敢……敢不敢？……我在問妳話，回答我！我叫妳回答我。」我每問一句，尖利刺痛的鞭子便打在她身上，但這女娃心意已決，仍舊緊閉雙唇，一言不發。見她如此冥頑不靈，我勃然大怒，不斷狠狠地鞭打她纖細的雙腿和臀部。她沉默地承受住每一次重擊，刺人的細枝一落下，她的身子便縮一下，但除此之外，她皆面無表情。

到目前為止，穆瑞兒都一直冷眼旁觀，默不作聲，但見了小姑娘仍如此頑固，她痛苦地撐起身子說：「我會讓她開口的，讓我幫忙。」她下了床，手裡拿著樺條，步履蹣跚地走近她的受害者。「把她的身子壓下去，賽西爾，再壓低點，再低一點——這樣好多了。」她的身子頑強不屈，彷彿石頭般，我將她僵硬的身子壓了下去，直到頭彎到膝蓋之處。如此一來，她臀部的肌膚繃得十分緊實。穆瑞兒將她雙腿掰開，「好了，小姑娘，讓我來好好教訓妳，竟敢偷窺我。」樺條嘶嘶劃過空氣，落了下來，打得艾瑟兒劇痛無比，發出尖叫，儘管我壓住了她，她還是往前一傾。

「喔，叔叔，不要讓她……我很抱歉……你想打我就儘管打，可是不要她……喔，喔，喔！」樺條接連落下，每一下都刺穿肌膚，打出血來。「喔，叔叔，叫她停手，我再也不敢不聽你的話了，喔，阿姨，我很抱歉，喔，不要，不要！」

她在地上翻滾扭動，鮮血已汩汩從她雪白的大腿上流下，我作勢要穆瑞兒住手。「目前這樣就夠了！」我說：「好了，艾瑟兒，接下來這禮拜每天早上妳都得來向妳阿姨、茱麗葉還有我說：『我很抱歉沒有乖乖聽話，還偷看你們。我活該挨打，請懲罰我吧。』明不明白？每個早上更衣前都必須如此。好了，去找葛萊蒂絲，請她幫妳清洗一下，扶妳上床，我會幫妳把晚餐拿上去。」

艾瑟兒站起來，臉色發白，淚流滿面，默默地走出房間。過了一兩分鐘後，我跟了過去，看見葛萊蒂絲正在安慰她。她一見到我便用乞求的眼神望著我。

「我真的很抱歉，叔叔。」她說：「真的。可是我非得要被阿姨打不可嗎？只由你來打我不可以嗎？」

「當然不行！」我回答：「妳偷窺她，當然要為此付出代價。」

「可是每天早上都要挨三頓打！」

「我早說過，妳會後悔的。」葛萊蒂絲說：「可是妳就是不聽勸告。」

那幾天早上艾瑟兒過來向我自討鞭刑，真是我一天中最美好的時光。她用小手將我從夢鄉中喚醒，小小聲地說：「叔叔，我來了。我很抱歉偷窺你，活該挨打，請懲罰我吧。」這令我已經蠢蠢欲動的老二振奮精神、生氣勃勃。

頭一兩天早上穆瑞兒和茱麗葉下手毫不留情，那可憐的小屁股上被樺條打出的傷口疼痛不已，她跑到我房間哭訴，撲倒在我懷中，求我放她一馬，但我不打算饒過她。到了第四天早上，不見她淚水盈眶，顯然穆瑞兒和茱麗葉對她網開一面，因此輪到我下手時，便無所顧忌。

我要她仰躺在床上，用手抓住兩隻腳踝，抓得越開越好，這個姿勢，將她的私處完全展現在我的眼前。我從樺條上扯下幾根細枝，輕拍她的全身上下，令末梢搔入她私處的小縫中。一開始她似乎挺樂在其中，偶爾尖叫幾聲，便抬頭從兩腿之間頑皮地對我笑。我想起這是懲罰，不是享樂，便拿著細枝狠狠打在她的大腿和兩片屁股之間，挨了幾下之後，她一改輕佻的態度，大聲求饒。

翌日，我將她的腳踝綁在床架上，讓她頭靠地上，沿著大腿和脅腹打了一圈。她顯然自以為刑罰即將結束，臉皮厚了起來，因此我便打算好好教訓她，讓她明白自己仍需贖罪。她被綁起來的模樣看起來頗可憐，頭被睡衣蓋住，纖細雪白的身體和雙腿任憑鞭子宰割。這種姿勢令她動彈不得，只能扭著身子，每挨一下鞭子，睡衣底下便傳出刺耳的叫聲。我將她鬆開之後，她爬到我腳邊啜泣著，向我求饒，求我原諒她。我忍不住起了憐憫之心，但施加苦刑所得的至高樂趣，和我心中渴求折磨人的欲望，更甚於憐憫。那天早上，我得克制住自己，才不至於對那女孩痛下毒手。

她一定看出了我內心的掙扎，因為她張開雙臂摟住我說：「雖然你如此傷害我，但其實你並不討厭我，叔叔，對不對？……我不在乎你傷害我，不過請不要討厭我，因為我愛你。」我熱情地親吻她，然後要她回自己的房間去。

到了七日刑的最後一天，她滿心歡喜、神采飛揚地來到我的房間。「妳去找過妳阿姨和茱麗葉了嗎？」我問。「喔，去過了，可是她們兩個正在床上纏綿，沒空理我，只不過每人打了我屁股一下，就叫我來找你。叔叔，我早準備好了，悉聽尊便。」她厚顏無恥地逕自撩起睡衣，彎下身子。

「說妳該說的話。」

「我很抱歉偷窺你，我活該挨打，請懲罰我吧。」她一副「蠻不在乎」的模樣，滾瓜爛熟地急速背誦出台詞。

「沒錯！」我說：「我會來揍妳的。」我下了床讓她趴在我的膝上，重重用手打在她誘人的小屁股上。今天早上我並未手下留情，過沒多久她的肌膚便開始泛紅，我的手掌心也隱隱作痛起來。我站起來去拿梳子，要她向前彎腰，然後站到她身旁，狠狠地用梳子背面揍她。我的睡褲鬆了開來往下掉，露出一如以往一大早便蓄勢待發的老二。艾瑟兒抬頭望向我，看出我其實沒生氣，便開始逗弄我的老二，還撫摸起來。我繼續打她，直到她開口抗議：「喔，今天早上你還真不留情，我猜是因為這是最後一回了吧。喔！」

我突然靈機一動。「沒錯，咱們要好好收尾。」我說：「等一下！」語畢我便到床上躺下。「現在趴到我身上……不，朝另一個方向……這就對了。跨上來好好親吻我。」她將我的老二含住，開始用熱切的雙唇和小舌逗弄它。

「我好久沒嘗過這滋味了，我真是愛極了！喔！好舒服！……那樣我可不喜歡。」我的舌頭正好可以碰得到她的小屁股，我一面撫弄她的小穴，一面繼續用梳子打她渾圓的臀部。我感到高潮將至，手勁也越來越大，她也開始扭動身子。我的左手仍緊抓住她，當老二終於對她銷魂的小舌做出回應時，我也快馬加鞭地打那整片渾圓的屁股。此時她也同樣達到高潮，我飢渴地啜飲她的青春愛液。

她整個人癱在我身上，激情過後膝蓋軟而無力。她用雙唇和小舌狂熱地吸吮我的精華，將之一飲而盡，纖細的手指還不斷揉捏撫弄垂在我大腿之間的圓球。我鮮少像那天早上一樣滔滔泉湧，然而她似乎還不滿足，就算我的老二已經彈盡糧絕，她仍不停吸吮著，直到它逐漸縮小、疲軟下來，才肯善罷干休。

十二、愛神的祭品

那天早上的經歷對穆瑞兒和茱麗葉的影響截然不同。茱麗葉一下子就恢復原狀，並將一切不快拋諸腦後。穆瑞兒則不然。她天性纖細敏感，幾天以來整個人似乎心神恍惚。我每天旁敲側擊、焦躁不安地等待證明那天並未留下陰霾的證據來臨。過沒幾天茱麗葉便令我鬆了一口氣，至於穆瑞兒則要一個禮拜後才能見真章。

這段期間，她的心情一直陰晴不定，一開始看似震驚不已、無動於衷。頭一兩天早上她還勉強振作起來，向艾瑟兒報復，但過沒幾天就對復仇一事興趣缺缺。接著她變得十分歇斯底里、煩躁易怒。剛開始我還細心關懷，但她越來越乖戾暴躁，我耐性盡失，只好威脅她要是再不好好控制自己的脾氣，我就要來硬的了。她不聽勸，倒是反唇相譏，最後我認為好言好語、寬容以對無法奏效，便狠狠打了她一頓。她順從地挨打，從頭到尾不發一語。她眼神中透露出她已自有打算，但我難以揣測。儘管她一句話也不說，但顯然痛苦奏效，因為之後她的脾氣就比較收斂，臉色也不像之前那麼難看。

某日早上，我來到她的床邊，發現她淚流滿面。「怎麼了？」我問，她不願回答。我厭倦了反覆詢問她卻毫無回應，扯下床單，打算用嚴刑拷打來逼問她。此時我卻看到她的睡衣上沾著血漬，明白自己用不著再提心吊膽怕鬧出人命來了。我的怒氣頓時消散一空。「感謝老天！」我說。

她望著我。「為什麼？」她問。

「妳月事來了。」我一面回答，一面指著那片血漬。

她突然對我怒目而視。「果然，男人就是這副德性，既自私又殘忍，只顧貪圖一瞬間的肉體之歡。可是我想要的不僅於此。我想要能永遠使我想起他的紀念品。」

「妳到底在說什麼鬼東西？」我說：「妳指的是什麼？難不成妳想說的是，妳想要孩子吧！」

「沒錯，我想要他的孩子。」

「他的！誰的？」她沉默不語。「告訴我，妳是什麼意思？妳是突然發了瘋還是怎樣？」

「我想要他的孩子。」她呻吟了一聲，激動地嚎啕大哭。由於事情已一發不可收拾，我也無可奈何，便沉默不語。她大哭了一場，發洩了一下情緒，然後便冷靜下來，轉向我苦苦哀求。「喔，賽西爾，我好想要他，我非得要他不可。拜託請讓我再跟他交歡一次吧。我可以任你宰割，只要讓我再跟他融為一體就行了！」

「妳到底在胡說八道什麼？」

「那天的那個男人。」她支支吾吾地說。

我一聽震驚無比。「妳好大的膽子？妳是瘋了不成？妳竟然下賤到獻身給那個鄉巴佬，那二愣子！妳真該——我不知道該怎麼說妳才好！」

「我知道，我知道，親愛的賽西爾，可是人家實在忍不住。有這種念頭我自己也羞愧難當，可是我就是忍不住。喔，讓我去找他，讓我佔有他吧。然後我將再度為你做牛做馬，任你擺布。我願上刀山、下油鍋，只要你滿足我這個微不足道的心願。」她在床上翻滾著，手緊緊抓著我乞求，激動地扭著身子的她春光外洩。見她舉止如此淫蕩，我不禁慾火中燒，便一把將她摟入懷中，毫不憐香惜玉，將她佔有。她欣然迎合我，恣意縱慾狂歡。

我發洩完之後，她低喃：「親愛的，你真溫柔體貼，可是——別生氣——我要的人是他。我愛你，可是我想要他——喔，請讓我佔有他吧，拜託你行行好，就這麼一次——僅此一次——我答應你下不為例。」

我實在搞不懂她。「我得考慮一下。」我說：「就算我答應，妳搞不好必須付出慘痛的代價。」

「任何代價我都心甘情願承受。」她回答。

我去找茱麗葉商量，一五一十將此事告訴她。「妳認為我該怎麼做？」我問她。

「其實我並不感到驚訝。」她回答：「我知道第二個男人的確讓她欲仙欲死。我們兩人曾聊過那天早上發生的事，她對我說過一樣的話。」

「那要怎麼做？」

「就看你了。」她回答：「我想那天早上你也樂在其中，要是你不介意另一個男人占有她，何不讓她得償所願呢？」我沉默了一會。

「若是如此，那就得照我的玩法來玩。」我說：「我可不確定那位先生會欣然同意。我得過去一趟探探口風。」

「讓我跟你一塊去吧。」茱麗葉說：「當穆瑞兒發現我們都知情，或許會澆熄她一片癡心。」

我考慮了一兩天，等穆瑞兒恢復元氣後，我決定走一趟去找她心儀的那名鄉下美少年。我帶上那件借給她遮身敝體的裙子，作為造訪的藉口。我來到那小屋，看見那名女子在家。她打開門，對我咧嘴一笑。

「早安，我來把裙子還給妳。」

「喔，是嗎？」她笑了笑：「沒想到竟然還會見到你，年輕人。我男人一直在擔心你呢。你們走了以後他就沒膽了，天下男人都是一個樣。他很怕你報復。我告訴他用不著操心，可是他還是擔心的要命。」

「你幫我轉告他，用不著害怕。另一個男人在哪?我想跟他聊聊。」

「哪一個？一共有三個男人。」

「喔，那個……那個……」我不知道要如何說下去。

「你是指在我老公爽完後，上了你女人的那個男人嗎？」她厚顏地說，我點了點頭，

「喔，他在工作，很快就會回來了，想等他的話請便。進來吧，年輕人，家裡只有我一個人。」她言下之意再明顯也不過，但我不想也不打算滿足她的欲望。「你在怕什麼鬼，小子！趕快進來，我又不會把你給吃了。」我可不知道會發生什麼事，此時那天早上惹出風波的那兩名小女孩出現在遠方。

「見鬼了，小王八蛋！」那女人說：「老是隨隨便便就來掃我的興。」然後兩人跑向我們，她看見我的目光緊盯著兩人稚嫩的胴體，繼續說：「啊哈！合你胃口的來了是吧，年輕人。這也難怪，不過她們年紀還太小，你還不能吃。」

我沒意識到自己失了態，不安地笑了笑。「不，不，妳想錯了，我完全沒那個念頭。我只是在想她們挨揍的那天早上。我猜她們應該常常挨揍，對不對？」

「該揍時就會揍，那兩個小鬼頭！嘿，先生，」她突然說：「你該不會是有那種特殊癖好的年輕人吧？……喔，我了解，」她繼續說下去，我則依舊沉默不語，「我年輕的時候曾經做過幫傭，老爺夫人在玩什麼把戲我都一清二楚。那天早上我看到了你女人屁股上的傷痕，想必你就是鞭打她們的傢伙吧？」我微微一笑。「我就知道。」她點了點頭，「好了，那你想不想要我在你面前打她們一頓？要是我真動手，你要怎麼報答我？」她抬頭淫蕩地對我微笑，雖然她為了生計而日夜操勞，但說起來其實她長得也不算差。

「妳最好等著瞧吧。」我說。女孩們看見我在跟她們母親說話，停下腳步。她們顯然已認出我來，於是便緊張兮兮地走近。

「莎莉、瑪莉，妳們兩個剛死到哪兒去了？」她們的母親大吼：「我不是說過叫妳們早點回來？給我過來跟這位先生道早安，然後告訴我妳們野去哪兒了。我要好好教訓妳們的屁股，懶惰的小兔崽子。」她們惶恐不安地走向我，彬彬有禮地向我行了屈膝禮。「莎莉，去把皮帶拿過來。」女娃兒驚恐地望了母親一眼，但還是乖乖從命，另一名女孩則拔腿想跑。「先生，抓住她，別讓她跑了。」此時我恭敬不如從命，莎莉也拿著皮帶回來了，她的母親一下子就將她抓住，撩起她的裙子——裙底下沒穿半件內褲——然後拿皮帶狠狠抽了她的屁股和大腿一頓。聽了她的哭喊聲，看到她的雙腿胡亂蹦跳，想必是場毒打。「好了，瑪莉，輪到妳了。先生，幫我把她的衣服掀起來好嗎？我要用鞭子抽她的小身體。」我當然樂於從命，馬上動手把那稚嫩的肉體壓下，讓她的頭夾在我的大腿間，露出整片背部和雙腿，皮帶落在她豐滿的臀部上，打出又寬又紅的鞭痕。瑪莉比她姐姐小一歲左右，但身材較為豐滿，發育得比較好。皮帶一抽接著一抽落下，從我雙腿間傳出求饒的哭喊聲。看樣子做為鞭笞利器，皮帶的效果實在非凡，但也製造不少噪音。

「哼，看妳們還敢不敢再到處亂晃，小惡魔。」母親最後說：「現在給我滾，去跟班說有位先生想見他。他正在農夫索普那兒幹活，離這兒大概兩英里遠。」女孩們全身疼痛地跑開，她轉向我說：「好了，年輕人，讓你看了場好戲，你要怎麼報答我呀？」

我打量了她一下，雖然她的樣子不修邊幅，衣衫邋遢，身材倒勻稱有致，風華茂盛之時，就算是粗俗難耐，肯定也稱的上風姿綽綽。如今她看起來就像個手持鞭子的野蠻皇后。

「妳想要什麼？」我問。我內心湧起一股莫名奇妙的衝動，想被她征服。

「你知道我想要什麼，年輕人，進來吧。」

「我不知道要不要讓妳如願以償。」我說：「除非妳自己來爭取。」我意有所指地望著她，眼看著那條皮帶一眼。「喔，」她說：「你想來這招啊？那不就跟以前老爺夫人玩的一樣嘛。我曾經在門口偷聽。我清楚的很。」

我還沒反應過來，她就一把抓住我的褲子——當時我身上穿的是條寬鬆的法蘭絨褲，繫了一條腰帶——一下子就把褲頭扯開，褲子掉到我膝邊。接著她環住我的腰，把我拉到她膝上。我陶醉其中，恍惚失神，莫名奇妙地屈服。就算到了今天我依舊說不上來，不得其解。我並非天生受虐狂——反倒是完全相反——但當時我心中只有一個慾望，一種激情——那就是奉上自己，任憑此女宰割。她見狀便稱勝追擊，將我的褲子拉下，一隻腿跨到我身上，將我夾在雙膝之間，掀起我的襯衫，然後……喔，那第一下實在令人痛徹心扉，當下完全澆息我想受虐的慾望。不過已來不及。她的左手牢牢壓住我的背，膝蓋夾住我的腿，我完全無力反抗。我咬緊牙根想捱過去，卻還是忍不住流淚大喊。「哼！」她嘶聲說：「讓我來教訓你，你這個可憐蟲。不幹我是不是？不幹是不是？那你有啥用處？你娶我幹嘛？我要好好教訓你。」我猜她應該是模仿昔日女主人所說的台詞。

最後我的哭喊聲越來越淒厲，更是苦苦地哀求她手下留情，並且答應要為她做牛做馬。

「饒了我吧。」我懇求：「我什麼都願意做，喔，放了我吧。」我一面求情，一面用手摸上她的私處，將她的裙子撩起，撫摸她的大腿。最後她終於放開我，我踉踉蹌蹌地站在她面前，全身顫抖不停。她得意洋洋地看著我，然後二話不說便抓住我的老二，逼我跪在她面前，她自己則坐在一張椅子上，張開雙腿，把我的肉棒塞入體內。我幾乎在一瞬間達到高潮，但她不願放開我。她緊緊夾住我，用盡百般花招激烈地撫弄我的圓球，成功地讓我再度勃起後，又將我榨乾了一次。

十三、野蠻的情慾

我恍惚忘我地回家，整個人內心翻騰不已。我受了鞭子伺候，身上疼痛不已，且很想找個人來出氣——也不能這麼說，應該是找個人來分享這份痛苦。無論如何，我非得找個人鞭打不可，殘酷無情地對其痛下毒手，如同我所遭遇的那樣。要找誰來開刀？穆瑞兒？茱麗葉？艾瑟兒，還是葛萊蒂絲？葛萊蒂絲？沒錯，她最令我蠢蠢欲動，也最討我的歡心，我知道她也對我情有獨鍾。四人當中就屬她最溫馴，也最沒理由挨打。不過要是我可以找到藉口動手，我就會好好抽她一頓，打到她血流如注為止。我吩咐那女人叫班當天傍晚過來找我，因此有幾個小時的空閒時間。回到小屋後，穆瑞兒在床上睡覺，茱麗葉和艾瑟兒則出門去了。葛萊蒂絲正等著我。我一見到她，心就狂跳不已！我實在好想折磨蹂躪那纖細嬌弱的軀體。她跑向我，「喔，叔叔，你到哪去了？我等你等好久了。你在做什麼？」

「關妳什麼事？」我粗暴地回答：「妳好大膽子，竟敢探聽我的私事！」

聽見我語氣凶惡，她嚇了一跳。「叔叔，」她倒抽一口氣說：「怎麼了？我不是故意的……」

「讓我來告訴妳怎麼了，我要好好教訓妳，竟敢這麼愛探人隱私。」

「可是叔叔……」

「馬上給我上樓去，我隨後就上去。」她一言不發上了樓，臉色蒼白如紙。我回到自己的房間，選了根籐條，便跟了上樓。她見到我手中拿的東西，顫抖不已。「把內褲脫掉。」我說。

「可是叔叔，為什麼？我沒有做什麼壞事。」

「照著我的話做，把內褲脫掉，躺到床上去。我要教訓妳，看妳還敢不敢這麼好奇。」

「可是，叔叔，喔，不要！」籐條落在她肩膀上。

「妳到底要不要脫掉！」她的手指緊張地解開鈕扣，最後輕薄的棉布掉至腳踝。「好了，把裙子撩起來，躺到床上去。」她一臉困惑地從命。「現在給我嘗嘗鞭子的滋味，這個，還有這個。妳還真是膽大包天，竟敢追問我的去處、探聽我的私事？就因為我對妳很親切，也沒像對待妳妹妹那樣懲罰妳，妳就自以為可以任性妄為了。不過我會教訓妳的。我打，我打，我打，我打。」

「喔，叔叔，不要，喔，不要！我究竟做錯了什麼？我很抱歉，喔，叔叔，求求你……」

「把手拿開，給我拿開——」藤條落在她的手腕上，打得那可憐的女孩痛得哀號。她渾圓的屁股和大腿上開始出現紫青色的鮮明鞭痕，哭喊聲轉為低沉的呻吟。每挨籐條一抽，那遍體鱗傷的柔軟肉體就抽搐一下。我的激情開始消退，狠狠教訓她幾下後，我便將已被打得彎曲的藤條丟到一角，抱起那顫抖不停的小身體。她的雙眼半睜半合，臉色死白，原本我以為她已經昏了過去，但當她感覺到被我摟住時，便睜開雙眼低聲說：「喔，叔叔，為什麼！我做錯了什麼？你為什麼要如此對我痛下毒手？」

我坐在床上，想將她摟入懷中，但連坐在我膝上她都無法承受。她傷得實在太重。她側趴在我身上，手臂環住我的脖子，淚水在雙頰上汨汨流下，整個人激動地發抖。

就這樣過了好一會，最後她終於冷靜下來，我也恢復了理智。我溫柔地起身，打算撫平自己狂暴肆虐所造成的傷害。我溫柔地在她身上傷口塗上隨身攜帶的軟膏，她口中則又喃喃著不斷重複的問題——「喔，叔叔，為什麼！我到底做錯了什麼？」

等她鎮定了下來，側身躺著之後，我便一五一十向她告白。正如我所預料，她並無法完全明白，只是怒氣沖沖地吃那女人的醋。「那畜牲，畜牲！」她不停低喃。「喔，我希望她在這裡。喔，親愛的叔叔，除了我以外，每個人都被你臨幸過，親愛的叔叔，佔有我吧，佔有我，我想要你，我想要你……你瞧！」她轉過身，躺在傷口上時小臉還抽搐了一下，然後便拚命張開雙腿，用手指掰開她純潔無瑕的小穴。要不是早已被人榨乾，我搞不好就會恭敬不如從命上了她。我俯身將嘴唇湊上那噘起的可口小唇吸吮著，直到將她啜飲而盡為止。她嬌嘆一聲，舒暢地呻吟，雙手撫摸我的頭髮。最後我抽開身子時，她喃喃地說：「啊，真是舒服極了，不過真正交歡的感覺一定更棒。喔，叔叔，你難道真讓那粗野的女人鞭打你了嗎？要是有機會，我一定要殺了她。她有沒有把你傷得很重？讓我看看。」她把我拉了過去，解開我的褲子，我的老二正費盡全力想站起卻因力不從心而啜泣。她將它親吻了一遍，然後撩起我的襯衫，仔細端詳我傷痕累累的臀部。「喔，好可憐，可憐的屁股。」她說：「難怪你想傷害別人。因為你最愛我，所以才傷害我，對不對？」我點了點頭。「那我想我了解了，我好高興。喔，好可憐，可憐的屁股。」她彎下身溫柔地輕輕吻遍我的臀部，用她那柔軟滑順的小舌輕撫我的傷口，然後輕輕在我兩片屁股上各拍了一下，抬頭對我嫣然一笑，「好了，我也打過你了。把褲子穿上，咱們出去找其他人。」

途中我將事情的來龍去脈都告訴了她，包括穆瑞兒突然對那名侵犯她的男子莫名傾心、我和茱麗葉討論的經過、還有我們同意讓她如願以償，但條件是我們也得在場。「這部分她還不知情，」我說：「老實說，我還沒告訴她我已同意，但我想我應該會說。班（從那女人口中，我得知這是那男子的名字）今天下午要來見我，要是他答應我的提議，妳阿姨就會當著我們所有人的面前，成為獻予愛神的祭品。」

她沉默了一兩分鐘，然後彷彿一面思考一面說：「是的——我想我了解——可是既然她有了你，為什麼還會想要別人呢，叔叔？喔，我希望……叔叔，他會挨打嗎？如果會的話，請由我來動手——這樣就跟親手制裁那可惡的女人差不多了……你願意讓我動手嗎？答應我，求求你。」

「我不確定究竟會有何事發生。」我回答：「他們兩人都還不知道會發生什麼事。不過要是時機一到，妳可以如願以償。」她深情地吻了我，然後我們便前去找其他人。

當天下午用完茶後，我到小屋外頭抽了根菸，此時我看到海灘上有一個人影走了過來。我認出那人是誰，便走過去與他會合。來人正是班。「晚安，先生。」他說：「我妹妹說你想見我。」他神色惶恐不安，似乎不知道我在打什麼算盤。不過儘管他一副羞愧的模樣，看起來仍是個男子漢，野性勃勃、體魄強健、血氣方剛。

「沒錯！」我說：「是這樣的。那天早上你幹的好事有了出人意料之外的影響。那位遭你侵犯的女士不但不氣你，反而還對你心懷慾念，於是便請我把你找來再見她一面。我願意滿足她的慾望，但有一個條件，那就是你必須遵照我的命令去做，簡言之，你必須完全任我擺布，服從我的一切指令。」

「我不明白你的話，先生。」他說：「你說那名女士想要我？啊，我就知道。當時我就說過她愛上我了。我也愛她，可是你想要什麼？」

「我想要這個。」我說：「她是我的情人，要是我把她借給你享用，到時你們兩人就得完全臣服於我的權威之下，任我差遣。我相信她會照做，我知道，不過至於你，要是我讓你享用她，我必須確定你會絕對服從我，你同意嗎？」

「我聽得一頭霧水，先生，要我上她嗎？還是你想要我幹嘛？」

「沒錯，就是上她，不過交歡時或許會發生其他事。好了，在享受魚水之歡的時候，你願不願意手被綁起來？你願不願意發誓享樂的同時也願逆來順受？……喔，你用不著害怕……沒什麼大不了的，只是在動手之前我想要先探你的底限。」

他抓了抓頭。「我不是很懂，先生。」他說：「你的用意到底是什麼。不過我倒是還想要上她一次。這是事實。要是真有幸與她同床，我才不在乎會發生啥事。我妹妹告訴我你是個喜歡玩些奇怪花招的紳士，今早的事她也全跟我說了。」——他咧嘴笑著說——「如果是那種花招的話，我隨時奉陪。」

「很好。」我說：「等一下，我去準備。」我走進小屋，留他在外頭。我發現穆瑞兒仍躺在床上。「穆瑞兒，」我說：「我把你要的男人找來了，他就在外頭，要我把他帶上來嗎？」

她簡直無法置信。「喔，賽西爾，你這個小親親，」她說：「你說的是真的嗎？」

「真的，他在等著呢。」

「喔，讓我梳妝打扮一下。喔，你太棒了！」她馬上跳下床，從衣櫃裡翻找出一件乾淨的睡衣。她看見擺在梳妝台上的香水，便拿起來全身上下噴了一遍，然後梳起頭髮來。她的樣子不太像個慾火焚身的女人準備會情人，反倒像名虔誠的信徒，準備舉行神祕的宗教儀式。我猙獰地笑了笑，下樓去召集其他人。茱麗葉和葛萊蒂絲心裡都已有數，但艾瑟兒卻毫不知情。我低聲警告兩人，吩咐她們看好她，然後便出去找班。我將他帶到我的房間，建議他最好把衣服脫掉。

他害羞地緩緩脫下衣服。「我要到哪去，先生。」他說：「我希望沒人會看見我光溜溜的樣子！」

「往這裡走。」等他脫個精光後，我說道，然後將他帶到穆瑞兒的房間。我已點燃房內每支蠟燭。穆瑞兒穿著最性感誘人的睡衣躺在床上。等他爬上床後，我便叫其他人過來。她們悄悄上樓。班親吻了穆瑞兒，正準備壓到她身子上時，所有人便魚貫走進房間。他驚愕無比，停下了動作。過於緊張的他，勃起的棒子頹然垂下。他轉過頭來。

「這是怎麼回事，先生？」他問：「我可不習慣在眾目睽睽下做愛。」

「你說你會服從我。要就繼續，不然就拉倒。把你的手伸出來。」他不自覺照做，趁他還沒意會過來之前，我便將手銬套上他的手腕，我經驗豐富，這道具自然運用自如。

「好了。」我一面說，一面拉開床單，掀起穆瑞兒的睡衣，露出她的大腿和小腹任由眾人觀賞：「這個女人想要你，你也想要她。占有她的身子，好好享受吧。」

經這麼突如其來的一嚇，他一時硬不起來。他看了看我，然後看了看自己。「我這副德性啥都幹不成，先生，我很緊張。」

「葛萊蒂絲，」我說：「今天下午妳說想要下手，機會來了，去箱子那拿根樺條來。」我將鑰匙遞給她，她一下子就拿出樺條。「好了，看看妳能不能幫我們的朋友重振雄風。」那鄉巴佬目瞪口呆，完全不明就裡。「好了葛萊蒂絲，狠狠在他的屁股上抽個幾下。用不著害怕傷到他，我想他的皮膚粗得很。」不用我多說，葛萊蒂絲便舉起樺條重重地打在那結實的屁股上。

班跳開來。「這是什麼意思？」他大喊：「我才不要挨打。」

「你給我安靜，老兄。」我說：「打在他大腿之間，葛萊蒂絲。打上來前面一點，這樣好多了。」我見他的老二緊張兮兮地抽搐，便彎下身子一把將其抓住。被我這麼一摸它立刻就有反應，勃然舉起。「好了。」我說：「去完成你的使命吧。」我扶他到穆瑞兒的身子上，將他的棒子放在它渴望進入的洞口，然後放手一搏將手銬解開，還他自由。我命葛萊蒂絲暫時停手，然後觀賞這場床戲。欲仙欲死的穆瑞兒早將羞恥心拋諸九霄雲外，身體四肢大張恭迎情人。他激烈地衝刺，她的小蠻腰也迎合擺動，我見兩人交合即將進入尾聲，便向葛萊蒂絲示意，要她繼續鞭笞。那男人的腰部擺動個不停，不斷加速，她揮動鞭子的速度也越來越快，最後我察覺高潮將至，便從葛萊蒂絲手中搶走樺條，小心斟酌地用棍子替其屁股和大腿洗禮。我的攻擊他毫無所覺，反倒像匹在終點線前受到鞭策的勇猛賽馬，卯足全力做最後的衝刺。最後他緊抓住穆瑞兒的臀部，先是將她拉近，用盡最後力氣之後又癱倒在她身上。我停下攻勢，環視四周。葛萊蒂絲站在床的另一側，看得目瞪口呆，大開眼界。在我這邊的茱麗葉和艾瑟兒原本一直靜靜地欣賞這場好戲，但看樣子這場景實在太過香豔刺激，茱麗葉整個人坐到一張椅子上，將艾瑟兒拉到她身上。她早已將裙子撩起，艾瑟兒則迫不及待地忙著用手指探刺她最私密的小穴。在床上的兩人則緊密交纏在一塊，身陷熱情的深淵。

等到他們躺得夠久了，我便碰了碰班的肩頭。「怎樣，」我說：「有沒有很享受？」他怯生生地起身，咧嘴笑了笑。「這新花招我倒是頭一回嘗試。」他說：「一面爽一面挨打，不過感覺還不賴。」

「那下次，」我說：「就輪到另一個人了。換你躺在床上，等你準備好了她就騎到你身上。」

「我已經準備好了。」他回答，我則瞄到他的老二正再度勃起。「我很快就硬了。」他繼續精力充沛地搓揉自己的棒子。到目前為止穆瑞兒似乎都沒發現我們在房間。我們是等班在她面前脫個精光，準備壓上她時才進門。或許她早已被慾望沖昏頭，將所有矜持和羞恥心全都拋到九霄雲外，下定決心不達到目的決不罷休。此時她看見班躺在她身邊，正準備重振雄風再大戰第二回，我走向她，要她坐到他身上去，但她卻低聲對我說：「這可真出乎我意料之外，賽西爾。我不想讓女孩們看到這場面。」

「妳照做就是。」我說：「坐到他身上去。妳說想要他，也如願得償了。得到了他，妳應該非常感恩了。」

她不再抗議，站了起來跨坐到那壯碩的身子上，然後握住他的棒子，將之放在小穴上，緩緩坐了下去，讓整根陽具沒入體內。見她準備好了，「好了。」我說：「妳們兩個，好好鞭策她吧。」我將樺條還給葛萊蒂絲，拿了另一根給艾瑟兒，兩人各自站在床的兩側，一下接著一下重重打在她蠕動不停的大腿和小蠻腰上。穆瑞兒的身子隨著棍子落下而上下擺動，時而呻吟時而嬌嘆，既熱情又痛苦。班則用粗壯的手臂抱住她的小蠻腰，不斷抽插著。然而，不甚習慣的平躺姿勢令班受不了，於是他便翻身想跨到她身上，但仍未抽出棒子。此時樺條鞭笞的目標則從穆瑞兒轉向他，但他卻視若無睹。他的屁股上下擺動，大腿又張又合，經過最後幾次猛烈衝刺之後，他終於癱倒在穆瑞兒身上，整個人動彈不得。

同時，茱麗葉和我也一刻不得閒。我倆開始互相愛撫起來，然後我將她背對著我抱到大腿上，找到她門戶洞開的飢渴小穴，將我的老二滑了進去。我一面觀賞床上大戰，一面跪著蹂躪她，直到我的慾望滿足為止。

經過最後一回合大戰後，穆瑞兒整個人精疲力盡。我命班從她身上下來後，她就癱在床上，完全不想去遮掩自己赤裸的身子。她小穴的雙唇仍張得老開，黏稠的體液從裡頭汩汩流出。顯然班已令她全身通體舒暢。我示意要他跟我出房門，帶他回去放置他衣服的地方。他將衣服一件件穿上，我對他說：「你有沒有滿足了？」

「我難得玩得如此盡興，先生。」他說：「可是令人不解的是，你為什麼這麼慷慨大方。你的女人美得冒泡，你卻讓我上她。」

我微微一笑。「不，我的朋友，我不期望你能了解，不過我可以告訴你，正如你所說，她是我的，任我擺布。要是我想把她拱手讓人，也是我的事。要是我想把她給條狗，我也會這麼做，她不敢反抗的。從另一方面來說，若是我拒絕賞她想要的東西，她也得服從。不過既然你無法理解，咱們就不必多說了。晚安，不要四處宣揚。要是你口風緊，或許還可再享一次艷福。所以不要多嘴。」

「你可以相信我，先生。」他回答：「我的口風緊的很。晚安了，謝謝你。」

十四、羅馬晚餐

上一回描述的狂歡饗宴是我們在克洛伊德的最後一次。翌日，穆瑞兒似乎變的有點溫馴——我不會說是感到羞愧。羅馬哲學家的哲言所言不假——做愛後動物感傷。她對我不但柔情似水，也十分恭順，不過彷彿對度假興趣缺缺。天氣也開始轉陰，因此我們決定回到陰雨綿綿的倫敦，總比待在鄉下足不出戶的好。於是在八月底某日傍晚，一行人便打包行囊離開克洛伊德，回到位於南莫爾頓街上的小宅。

女孩們的假期還有兩個禮拜左右才會結束，我們決定要以劇院和伯爵宮的文化巡禮來取代海邊戲水和野餐。而且比起小屋，穆瑞兒的閨房更適合享受較親密的樂趣。我也趁機回牛津大學去拿我的文憑，付清學雜費後，便正式取得了文學士學位。

我回到鎮上，打算在女孩們返校前，再共度銷魂的一晚。我告訴穆瑞兒這個主意，她也欣然同意。不過順道一提，若她知道細節，恐怕就不會一口答應了。簡言之，我打算好好運用現有資源，重演羅馬帝國之夜。穆瑞兒的浴室尤其再適合也不過了。我曾說過，那浴池原本是穆瑞兒老公的嗜好，不像今天一般用的浴缸，倒比較像土耳其浴的冷水池。浴池乃由大理石造成，約四呎左右深，還有階梯探底。浴缸長約十二呎，由火坑供暖系統供應熱水，可以在裡頭自在泅泳漂浮。

沐浴之旅即將在傍晚開始，之後則會舉行一場盛宴，穆瑞兒的閨房便成了首選。那張沙發床，很適合用來布置成羅馬式的餐室，只要再加上一張餐桌就大功告成了。我在貝諾亞餐廳訂了一頓特別的冷食晚餐，如此一來眾人便可隨時取用，無須大費周章請外燴。我盡量選了類似羅馬式的美味菜餚——像紅鶴舌這種食材當然無法取得，葡萄酒是唯一的現代美饌。我還去了克拉克森道具店一趟，買了戲服等雜物。

餘興節目沐浴時便上演。我要所有女孩脫個精光，連我自己也不例外。然後穆瑞兒、茱麗葉、葛萊蒂絲在浴池一側隨侍，我則和艾瑟兒重演古羅馬的宣淫者（Spintria），也就是蘇東尼烏斯[2]筆下的場景。為求精確，艾瑟兒理應是名男孩，但這並不是很重要，可暫且擱下。不過後來我倒是煞費苦心將錯誤糾正過來，待會就會見真章。

為不熟悉蘇東尼烏斯和其筆下古羅馬皇帝提比略（Tiberius）在卡布里島（Capri）生活的讀者，我來描述一下宣淫者為何。我在浴池中仰面漂浮，艾瑟兒則緩緩在我雙腿間泅泳，用手口愛撫我的私處，直到其自然宣洩為止。完事後，兩人便從水中起身，另外三名女孩則拿著毛巾肥皂伺候我們，並按摩我們全身，接著再以香水噴灑，替我們換上羅馬式服裝，戴上花冠，帶我們去參加盛宴。就席前，我費盡心力將艾瑟兒變身為男孩。在其他人的咯咯笑聲的包圍下，我按照演員稱之為「鼻貼」的模型，做出了一根精緻的陽具套在艾瑟兒的陰部上（克拉克森道具店的一名親切的助理幫了我很大的忙）。接著我們來到席間，此時有了個小問題。穆瑞兒顯然以為自己是扮演貴客，不過我馬上點醒她。「第一場戲，」我說：「是這麼演的：我飾演舉辦這場盛宴的貴族，艾瑟兒則是我的寵奴，妳和葛萊蒂絲則是女侍，茱麗葉則是取悅我們的雜技演員。盛宴結束後，大家就可以盡情享樂。」

「可是，我得要服侍艾瑟兒嗎？」穆瑞兒板起了臉。

「當然。」我說：「妳現在最好去換戲服，等待會眾人酒酣耳熱後，好戲就要上演，不過妳現在就可以著手準備了。今晚我打算要『鳥兒』來服侍我。」

「這是什麼意思？」

「這個，」我一面說，一面拿出我找來的幾支孔雀羽毛。「我要孔雀來服侍我，彎下身子，讓我替妳插上羽毛。」

「可是要插在哪？怎麼插？我不明白。」

我抓住她，硬將她的身子往前壓，將整束孔雀羽毛插在其「原本該長在孔雀身上的地方」。

她火速跳開——「我才不要，我不要，這太可怕了。」

「喔，是嗎？」我說：「記住，妳現在身在羅馬，或者該說是在龐貝。」我一把將她抓住，反手一扭便將她撲倒在地，然後效仿古羅馬人拿起手邊的鞭子，狠狠鞭打她赤裸的身子，直到她哭著求饒為止。「好了。」我說：「妳要不要裝上羽毛？」

「喔，好，好吧。」她啜泣著。我扶她起身，再度將她身子壓向前，找到目標小孔後，把

2 蘇東尼烏斯（Suetonius）為著名羅馬作家，著有《羅馬十二帝王傳》。

那三根可愛的羽毛插了進去。「好了，葛萊蒂絲，輪到妳了。」葛萊蒂絲顫抖著走向我。「不要傷害我，叔叔，求求你，喔！喔！喔！不要這麼大力。喔，好丟人喔。」看見這兩個女孩屁股插著孔雀羽毛，赤裸著身子走來走去，實在令我慾火焚身。我轉向茱麗葉。「好了，茱麗葉，等我叫妳的時候，妳就照我昨天教妳的那樣，翩翩起舞和翻筋斗。」我已經幫她排練過，也給她看過龐貝壁畫上的描繪。

於是我們一行人便躺下來用餐。艾瑟兒和我並肩躺在沙發上，穆瑞兒和葛萊蒂絲則隨身伺候。艾瑟兒的服裝最短，頭髮綁成希臘式髮束，模樣十分可愛。佳餚一道接著一道端上，我醉意漸濃，於是便將手伸進艾瑟兒的短上衣，將她的假陽具掏出來。她似乎相當引以為豪，張開雙腿賣弄著。但穆瑞兒並不怎麼喜歡，就跟她不喜歡孔雀裝飾一樣，無時無刻露出厭惡不恥的表情。我按兵不動，終於等到她端酒過來，我接過杯子時，她不小心把一點酒灑到我手臂上，我立刻暴跳如雷——此刻浮現我腦中的場景是——我扮演的是傲慢自大、性情暴躁的羅馬貴族。我一把抓住她的手腕，將她拖到牆邊，牆上有個掛鉤，上頭掛著繩子。我用繩子綁住她的手腕，叫人拿來藤條，狠狠鞭笞她赤裸的背部和大腿，直到她苦苦求饒為止。然後我們便回到席間，我拍拍手要茱麗葉過來。她扭腰擺臀，騷首弄姿地現身，身段十分柔軟，活靈活現地重現羅馬帝國當時淫蕩色舞及放浪形骸之姿，正與羅馬詩人的描述和那時期的壁畫描繪如出一轍。

艾瑟兒熱切地看著，她天性調皮，對於能欣賞到如此放蕩之舞自然欣喜若狂。我不停地灌她酒，自己也喝了不少，開始逗弄，戳起她衣服底下的假陽具，她自然有了反應，我將她身子轉過去背對著我，不知羞恥、毫不猶豫地把自己當成要臨幸寵奴的真正羅馬貴族。當我從後一挺，她大吃一驚：「你放錯位置了，叔叔。」

「一點都沒錯！」我氣喘吁吁地回答，一面插入：「這裡是古羅馬，而且你是男孩，不是女孩。」

「喔，不要，你弄痛我了。」

「再忍耐一下，待會就不會痛了……這樣好多了……好了。」我開始擺動身子，時光倒轉──我重回古羅馬──我不再是賽西爾潘德加斯，而是帝國之君主尼祿。在極致的歡愉中，我抱緊了艾瑟兒，將一隻手指伸入她炙熱的小穴。她溫暖的愛液浸濕我的手，我則傾洩全力射入她體內。盛宴已結束。我召集女侍到沙發上，從艾瑟兒體內抽出，然後要她們和我倆一起在滿溢香氛的水中共浴。接著我們又開始飲酒作樂，在酒精的催化和我的愛撫下，穆瑞兒終於忘記先前的不快，眾人恣情縱慾在魚水之歡中，直到破曉晨光灑在交纏合為一體的五具赤裸身子上。

兩天後，女孩們返回學校，並期待聖誕假期再次與我們相會。葛萊蒂絲最後對我說：「我會有耐心的，叔叔。不過到時候我要你好好佔有我。我不會再等下去了，我知道。到時候你得對我有求必應，好嗎？答應我。」

我答應了她。火車離開車站後，穆瑞兒、茱麗葉和我便返回南莫爾頓街，一同構思新花招，等待聖誕節的來臨。

國家圖書館出版品預行編目資料

鞭笞情人的火吻 / 佚名作 ; 李之年譯.
-- 初版. -- [新北市] : 十色出版 ;
臺中市 : 晨星發行, 2012.05
面 ; 公分. -- (S小說 ; 5)
譯自 : Sadopaideia
ISBN 978-986-87354-9-1(平裝)

873.57 101008648

作　　者／佚　名
譯　　者／李之年
總 編 輯／林獻瑞
封面設計／Innate Design
內文排版／林鳳鳳

出 版 者／十色出版事業有限公司
231新北市新店區北新路三段82號11樓之4
電話：02-8914-5574　傳真：02-2910-6348
負 責 人／陳銘民
發 行 所／晨星出版有限公司
台中市407工業區30路1號
電話：04-2359-5820　傳真：04-2359-7123
E-mail：service@morningstar.com.tw
http://www.morningstar.com.tw
郵政劃撥／15060393　戶名：知己圖書股份有限公司
法律顧問／甘龍強律師

總 經 銷／知己圖書股份有限公司
（台北公司）台北市106羅斯福路二段95號4樓之3
電話：02-2367-2044　傳真：02-2363-5741
（台中公司）台中市407工業區30路1號
電話：04-2359-5819　傳真：04-2359-7123

承　　製／知己圖書股份有限公司　電話：04-23581803
初　　版／2012年07月01日
定　　價／260元

ISBN 978-986-87354-9-1

請填妥後對折裝訂，直接投郵即可，免貼郵票。

廣告回函
台灣中區郵政管理局
登記證第267號
免貼郵票

十色出版事業有限公司　收

407 台中市工業區 30 路 1 號

「十色客」大募集！

享受性福是成人的權利！我們開始拉幫結社，建立一個健康、樂活的性福樂園。不必大聲喧譁，透過寧靜的出版、閱讀，十色客的力量與影響就能被看見！理念相同者，歡迎填妥背面資料剪下，寄回或傳真至（02）29106348，即時掌握十色客最新活動與優惠訊息。

更方便的購書方式：

1.網站：http://www.morningstar.com.tw
2.郵政劃撥
　帳號：15060393
　戶名：知己圖書股份有限公司
　請於通信欄註明購買之書名、數量

3.電話訂購：直接撥客服專線
（04）23595819#230
　傳真：（04）23597123
　客服信箱：service@morningstar.com.tw

十色客回函卡（0163005）

個人基本資料（有★號者為必填項目）

★姓名：________________ ★ 性別：□男 □女

★生日：______年______月______日

★E-mail：________________

電話：（　　）________________

地址：________________

教育程度：□博士 □碩士 □大專 □高中 □國中 □國小

個人購物資訊

哪裡購買：

□博客來 □誠品 □金石堂 □何嘉仁 □7-11 □全家 □萊爾富

□大潤發 □家樂福 □其他 ________________

如何得知此書訊息：________________

□逛書店 □報紙雜誌 □網路書店 □朋友介紹 □電子報 □廣播 □店頭海報

□其他 ________________

喜歡何種促銷活動：

□贈品 □打折 □抽獎 □其他 ________________

購買本書原因：

□內容符合需求 □ 封面吸引人 □價格OK □其他 ________________

您希望獲取下列哪方面的訊息：

□ 性愛技巧 □ 性愛保健 □ 性教育 □情色小說 □ 性文化

□ 其他 ________________

有話想告訴我們